티티새

티티새

요시모토 바나나

김난주 옮김

민음사

차 례

도깨비 우편함

츠구미는 정말이지, 밉살스러운 여자 애였다.

나는 어업과 관광업으로 한가로이 돌아가는 고향을 떠나 도쿄에 있는 대학에 진학했다. 이곳에서 지내는 나날도, 무척 즐겁다.

내 이름은 시라카와〔白河〕마리아. 성모 마리아와 이름이 같다.

그러나 마음속은 딱히 성모도 아무것도 아니다. 그런데 어쩐 일인가. 이곳에 와서 새로 사귄 친구들은 내 성격을 묘사할 때, '너그럽다', '냉철하다'라고 입을 모아 말한다.

나는 오히려 성미도 급하고, 살아 있는 인간이다. 그런데도, 어째 좀 이상하다 싶은 일이 있다. 도쿄에 사는 사람들은 비가 내리느니, 휴강이 되었느니, 개가 오줌을 쌌느니, 하는 아무것도 아닌 일을 가지고 곧잘 화를 낸다. 나는 과연 좀 다를지도 모르겠다. 화가 밀려왔다가도, 파도가 밀려와 모래톱에 빨려들듯 사라지고 만다. ……아마 내가 시골에서 자라 그런 거겠지, 하고 멋대로 해석하고 있었는데, 며칠 전 1분이 늦었다고 심술궂은 교수가 리포트를 받아주지 않아, 화를 버럭버럭 내며 돌아가는 길에, 저녁노을을 쳐다보다 문득, 깨달았다.

'츠구미 탓, 아니지 덕분이다.'

사람은 누구나, 하루에 한 번쯤은 울컥 화가 치미는 일이 있다. 그런 때면 늘, 나도 모르게 마음속으로 '츠구미에 비하면 이까짓' 하고 염불처럼 중얼거린다. 딱히 화를 낸다고 해서 그 결과 뭐가 변하는 것도 아니라는 것을, 츠구미와 함께 살면서 피부로 깨달은 모양이다. 게다가, 하고 생각하다가 나는 오렌지 빛으로 저무는 하늘을 쳐다보면서 슬쩍 울고 싶어졌다.

애정이야 얼마든지 쏟을 수 있다, 온 나라의 수도처럼, 마냥 틀어놓아도 절대 마르지 않는다, 그런 기분이 든다, 라고 왠지 문득 그런 생각이 들고 말았다.

이 이야기는 내가 소녀 시절을 보낸 바닷가 마을을

마지막으로 찾았던, 그 여름의 추억이다. 등장하는 야마모토야(山本屋) 여관 사람들은 이미 다른 고장으로 이사를 갔고, 아마도 나는 두 번 다시 그 사람들과 함께 생활할 일이 없을 것이다. 그래서 내 마음이 돌아갈 곳은, 그 시절 츠구미가 있었던 나날밖에 없다.

츠구미는 태어날 때부터 몸이 워낙 약하고, 갖가지 기능에 문제가 있었다. 의사는 오래 살지 못할 것이라고 선언하였고, 가족들도 각오하고 있었다. 그래서 주위 사람들은 모두 그녀의 응석을 받아주었고, 엄마는 수고를 마다 않고 전국의 병원을 찾아다니며 조금이라도 츠구미의 목숨을 늘이려고 무진 애를 썼다. 그리하여 살살 걸을 수 있을 정도로 자랐을 때, 그녀의 성격은 한껏 되바라져 있었다. 그럭저럭 생활할 수 있을 만큼의 건강이 그 성격을 더욱 자극했다. 츠구미는 심술궂고 거칠고 입이 험악하고 제멋대로고 응석받이고 영악했다. 다른 사람이 제일 싫어하는 것을 절묘한 타이밍에 적확한 표현으로 유들유들 말할 때, 그 보란 듯한 표정은 마치 악마 같았다.

나와 엄마는 츠구미의 집인 야마모토야 여관의 별채에서 둘이 살았다.

우리 아버지는 도쿄에서, 오래도록 별거 중이던 아내

와 이혼하고 우리 엄마와 정식으로 결혼하기 위해 애쓰고 있었다. 그 때문에 이리저리 분주하게 오가느라 힘들어 보였는데, 당사자들은 모든 일이 잘 풀려 세 가족이 도쿄에서 함께 살 수 있을 날을 꿈꾸며 제법 행복해하는 것 같았다. 덕분에 나는 겉보기에는 다소 복잡하지만 서로 사랑하는 부부의 평화로운 외동딸로 자랐다.

야마모토야는 엄마의 여동생인 마사코 이모의 시댁으로, 엄마는 거기서 주방 일을 거들었다. 가족은 여관을 경영하는 아키라 이모부, 마사코 이모, 그리고 큰딸 요코 언니와 작은딸 츠구미 그렇게 네 명이었다.

츠구미의 괴팍한 성격 때문에 가장 많이 피해를 입은 사람을 순서대로 꼽으면 마사코 이모, 요코 언니, 그리고 나라고 생각한다. 아키라 이모부는 가능한 한 츠구미에게 접근하지 않았다. 그건 그렇고 내 이름을 순위에 올리자니 좀 쑥스럽다. 앞선 두 명은 츠구미를 키우면서 천사의 경지에 도달했을 정도로 온유한 사람이 되었으니까.

나이는 요코 언니가 나보다. 내가 츠구미보다 한 살씩 많다. 하지만 나는 츠구미가 나보다 어리다고 생각한 적은 한번도 없다. 그녀는 어렸을 때와 하나도 달라진 것 없이 고약하게 성장했다.

몸이 아파 이부자리에 눕는 일이 잦아지면 츠구미의

횡포는 한결 심해졌다. 츠구미는 요양을 위해서 여관 3층에 있는 아담한 2인실을 자기 방으로 쓰고 있었다. 그녀의 방은 전망이 제일 좋아. 창문으로 바다가 보였다. 낮에는 햇살에 반짝이고, 비 내리는 날에는 뿌옇고 거칠고, 밤에는 오징어잡이 배의 불빛이 점점이 빛나는 아름다운 바다다.

나는 건강하니까, 죽음의 경계를 헤매는 모호한 나날의 짜증스러움을 상상할 수 없다. 하지만 만약 그 방에서 오래도록 누워만 있다면 바다의 풍경과 소금 냄새를 더없이 소중하게 여길 것 같다. 그런데 츠구미는 전혀 그렇지가 않은 듯, 커튼을 찢고, 덧문을 꽁꽁 닫아버리고, 밥그릇을 뒤엎고, 책꽂이의 책을 전부 다다미에 내던지고, 1년 내내 방을 엑소시스트 같은 분위기로 만들어놓고는 마음 좋은 가족들을 괴롭혔다. 언젠가는 정말 흑마술에 심취하여 '악마의 사자'라면서 방에다 거머리니 개구리니 게(이것은 고장의 특성 탓일 게다.)를 잔뜩 기르면서 객실에 몰래 집어넣곤 해서 손님들의 불평불만이 말이 아니었다. 이모와 요코 언니, 이모부까지 눈물을 흘리면서 츠구미의 행실을 안타까워했다.

그러나 그런 때도 츠구미는,

"너희들, 내가 오늘 밤에 꼴까닥 죽어봐, 뒷맛이 개운치 않을걸! 울지 마."

라면서 코웃음을 쳤다. 그 웃는 얼굴이 미륵처럼 보였으니, 참 이상한 일이다.

그렇다. 츠구미는 아름다웠다.

검고 긴 머리, 투명하고 하얀 피부, 외까풀의 커다란 눈에는 긴 속눈썹이 촘촘히 나 있어 눈을 내리깔면 옅은 그림자가 생긴다. 핏줄이 드러날 만큼 가는 팔과 다리는 길고 날씬하고, 몸은 앙증맞을 정도로 자그마해서, 그녀의 외모는 마치 하느님이 아름답게 빚은 인형 같았다.

중학교 때부터 츠구미는 툭하면 남학생들을 꾀어서 나란히 해변을 거닐었다. 거짓말처럼 상대는 늘 바뀌었다. 좁은 동네라 나쁜 소문이 날 만도 한데, 사람들은 모두 츠구미의 상냥함과 아름다움이 의도하지 않아도 사람들을 매료시킨다고 믿었다. 츠구미는 정말 겉보기만큼은 전혀 다른 사람인 것처럼 좋았기 때문이다. 그나마 여관에 묵는 손님들에게 손을 대지 않는 것이 다행이었다. 행여 그런 일이 있다면 야마모토야가 매음굴이 되지 않겠는가.

저녁나절, 저물어가는 만이 내려다보이는 해변의 높은 제방 위로 츠구미와 남자아이가 걸어간다. 저녁 하늘에는 새들이 낮게 춤추고, 파도가 반짝이며 조용히 밀려온다. 돌아다니는 개밖에 없는 해변은 사막보다 넓고 하얗게 펼쳐져 있고, 보트 몇 대가 바람에 흔들리고 있다. 멀리 부연 섬 그림자와, 발갛게 반짝이는 구름이 바다 저편으로 기운다.

츠구미는, 천천히, 천천히 걷는다.

남자아이가 걱정스러워 손을 내민다. 츠구미는 고개 숙인 채 가느다란 손으로 그의 손을 잡는다. 그러고는 얼굴을 들어 미소 짓는다. 두 볼이 석양에 빛나고, 마치 순간순간 모습이 변하는 눈부신 저녁 하늘처럼 덧없는 미소였다. 하얀 이도, 가냘픈 목도, 그를 가만히 쳐다보는 커다란 눈동자도, 모두 모래와 바람과 파도 소리에 뒤섞여 지금이라도 홀연 사라질 것 같았다. 그리고, 그것은 사실이었다. 츠구미는 언제 사라져도 이상할 것 없는 존재였다.

츠구미의 하얀 치맛자락이 바닷바람에 팔락팔락, 팔락인다.

참 내, 어떻게 저렇게 다른 사람으로 변할 수 있지, 라고 속으로 악담을 하면서도, 그런 장면을 보는 나는 어째서인가 늘 눈물을 머금었다. 그것은 츠구미의 본성을 알고 있는 나의 가슴 깊은 곳마저 울리는, 애틋한 광경이었기 때문이다.

나와 츠구미는 어떤 사건을 계기로 진짜 친구가 되었

다. 물론 어린 시절에도 교류는 있었다. 그 지독한 심술과 독설만 견딜 수 있으면 츠구미와 노는 것은 재미있었다. 츠구미의 상상 속에서 이 조그만 어촌은 무한한 세계였으며, 모래 한 알갱이도 신비의 편린이었다. 그녀는 머리가 좋고 공부도 잘했다. 병으로 결석이 잦은데도 성적은 늘 상위권이었고, 모든 분야의 책을 두루 섭렵하여 지식도 풍부했다. 하기야 머리가 좋지 않으면 그렇게 다양한 심술을 부리기도 어려울 것이다.

츠구미와 나는 초등학교 저학년 때 '도깨비 우편함 놀이'란 장난을 곧잘 했다. 산기슭에 있는 초등학교 뒤뜰에 부서진 백엽상이 있었는데, 그것이 영계(靈界)와 통하고, 그쪽에서 보낸 편지가 들어 있다고 생각하는 놀이였다. 우리는 낮에 잡지에서 오려낸 무서운 사진이나 기사를 거기다 갖다 넣고, 한밤중에 가지러 갔다. 낮에는 아무렇지도 않은 장소가 어둠을 틈타 몰래몰래 가면 정말이지 무서워서, 우리는 한동안 제정신이 아니었다. 그러나 그런 놀이도 시간이 흐르면, 그 시절에 즐겼던 유사한 놀이에 뒤섞여 잊혀지고 만다. 중학생이 된 나는 농구부에 들었다. 연습이 힘들어서 츠구미에게 별로 신경을 쓰지 못했다. 집에 돌아오면 금방 잠이 들었고, 숙제도 해야 했고, 그래서 츠구미는 그냥 '옆집에 사는 사촌' 정도가 돼버렸다. 그 무렵 그 사건이 벌어졌다. 아마 중학교 2학년 봄방학 때였을 것이다.

그 밤, 비가 추적추적 내려 나는 내 방에 틀어박혀 있었다. 바닷가 마을에 내리는 비에서는 소금 냄새가 났다. 나는 밤의 빗소리를 들으며, 울적한 마음을 어찌 지 못하고 있었다. 할아버지가 돌아가신 지 오래지 않았던 것이다. 나는 다섯 살 때까지 할머니 할아버지 댁에서 자랐기 때문에 할아버지를 끔찍이 따랐다. 엄마와 둘이서 야마모토야로 이사 온 후에도 꼬박꼬박 뵈러 갔고, 편지도 주고받았다. 그날 나는 농구부 연습까지 빼먹었는데도 아무것도 손에 잡히지 않아 퉁퉁 부은 눈으로 침대에 기대 있었다. 장지문 밖에서 엄마가 "츠구미한테서 전화 왔다."라고 하는데 "없다고 해."라고 대답했다. 츠구미를 만날 기력이 없었다. 엄마도 츠구미의 괴팍한 성격을 잘 알고 있어, 그래 알았다, 라고 말하고는 물러갔다. 나는 다시 방바닥에 앉아 잡지를 뒤적거리다가 잠시 꾸벅꾸벅 졸았다. 그때 복도 저쪽에서 타닥타닥 걸어오는 슬리퍼 소리가 들렸다. 놀라서 얼굴을 퍼뜩 드는 순간 장지문이 휙 열리고, 젖은 츠구미의 모습이 나타났다.

숨은 헉헉거리고, 비옷 모자에서 투명한 물방울이 똑똑 다다미로 떨어졌다. 츠구미는 눈을 동그랗게 뜨고 가녀린 목소리로, "마리아."라고 불렀다.

"왜?"

아직 잠이 덜 깬 나는 겁에 질린 듯 불안한 표정으로 서 있는 츠구미를 올려다보았다. 츠구미의 말투에는 힘이 실려 있었다.

"야! 일어나. 큰일 났어, 이것 좀 봐."

그리고 비옷 주머니에서 조심스럽게 종이 한 장을 꺼내 내게 내밀었다. 또 웬 허풍이냐는 식으로 멍하니 한 손으로 받아들고 보는 순간, 나는 갑자기 스포트라이트 한가운데로 떠밀린 듯한 기분이 들었다.

붓으로 힘차게 써 내려간 행서체, 그것은 틀림없는 할아버지의 필적이었다. 늘 내게 보내주었던 편지와 똑같은 서두에,

나의 보물 마리아에게

잘 있어라.

할머니, 아버지, 엄마 잘 섬기고. 성모의 이름에 부끄럽지 않게 훌륭한 여성이 되어라.

류조

라고 쓰여 있었다.

나는 놀라고, 순간적으로, 책상과 마주하고 있는 할

아버지의 꼿꼿한 뒷모습이 떠올라 가슴이 먹먹해졌다. 그리고 츠구미에게 다그쳐 물었다.

"어떻게 된 거야, 이거?"

츠구미는 새빨간 입술을 파들파들 떨면서 나를 빤히 쳐다보고는, 진지하게 기도하는 목소리로 말했다.

"믿기니? 이거 말이지, '도깨비 우편함'에 들어 있었어."

"뭐라고?"

그 순간, 까맣게 잊고 있었던 저 백엽상의 기억이 되살아났다. 츠구미는 목소리를 낮추고, 속삭이듯 말했다.

"난 너희들보다 훨씬 더 죽음에 가까이 있어서, 이런 거 금방 느낄 수 있어. 아까 자고 있는데 할아버지가 꿈에 나타났어. 눈을 떴는데도 왠지 기분이 찜찜하더라고. 할아버지는 무슨 말을 하고 싶어하는 것 같았어. 나한테도 옛날에 이것저것 많이 사주셨으니까, 빚이 있잖아. 꿈속에는 너도 있었는데, 할아버지가 너한테 무슨 얘기를 하고 싶어하는 거야, 할아버지, 너 많이 사랑하셨으니까. 그래서, 그거다 싶어서 우편함에 가봤어. 그랬더니…… 너, 할아버지 살아 계실 때 '도깨비 우편함' 얘기 한 적 있니?"

"아니." 나는 고개를 저었다. "얘기 안 한 것 같은데."

"그렇다면, 야, 무섭다!"라고 외친 후, 츠구미는 묵직한 목소리로 말했다.

"그거 진짜 '도깨비 우편함'이 돼버린 거 아냐."

그러고서 츠구미는 손바닥을 가슴 앞에 얌전히 모으고, 비를 맞으며 우편함으로 달렸던 방금 전 자기의 모습을 떠올리듯 눈을 감았다. 어둠 속에서 빗소리는 후드득후드득 계속 들렸고, 나의 마음은 현실을 떠나 츠구미의 밤 속으로 빠르게 빨려 들어가고 있었다. 지금까지 있었던 일, 삶과 죽음이, 천천히, 신비의 소용돌이, 또 하나의 진실한 장소로 옮겨가는 듯한, 멍하고 불안한 정적이 이어졌다.

"마리아, 우리, 어떻게 하지."

츠구미는 새파랗게 질려서, 작은 목소리로 간신히 그렇게 말하고 나를 보았다.

"아무튼." 나는 힘주어 말했다. 그때 츠구미는 평소와는 다르게 풀이 죽어, 사건의 크기에 압도된 듯 보였다.

"아무한테도 얘기하면 안 돼. 그리고 아무튼 오늘 밤에는 빨리 집에 가서 몸 따뜻하게 하고 자야겠다. 아무리 봄이라도 비를 맞았으니까, 또 열나면 큰일이잖아. 얼른 옷 갈아입어. 이 얘기는 나중에 다시 하자."

"응, 그래야겠다." 츠구미는 훌쩍 일어나, "갈게."라

고 말했다. 방을 나서는 츠구미에게 나는,

"츠구미, 고마워."

라고 말했다.

"아니, 뭘."

이라고만 말하고는 돌아보지도 않고, 장지문을 열어 놓은 채 츠구미는 방을 나갔다.

나는 한참이나 방바닥에 앉아 그 글을 몇 번이고 다시 읽었다. 카페트로 눈물이 똑똑 떨어졌다. 할아버지가 "산타클로스 할아버지의 선물이다."라며 깨운 날 아침, 베갯머리에 있던 선물 꾸러미를 봤을 때 같은 감미로운 신성함에 가슴이 벅차올랐다. 읽을수록 눈물이 흘러, 나는 그 편지에 몸을 기대듯, 하염없이 울었다.

그야 물론, 믿는 사람도 믿는 사람이지만.

나도 일단은 의심을 했다. 그런 편지를 들고 온 사람이 츠구미니까.

그러나 그 달필. 필적. 나와 할아버지만 알고 있는 애칭 '나의 보물'. 비에 젖은 츠구미의 밀어붙이듯 강렬한 눈길과 말투. 그리고 츠구미는 늘 농담으로나 할수 있는 말을 심각한 표정으로 말했다. 난 너희들보다 훨씬 더 죽음에 가까이 있어서…… 아아, 보기 좋게 속았다.

진상은 빨리도, 다음 날 밝혀졌다.

나는 편지에 대해 자세한 얘기를 듣고 싶어서 한낮에 츠구미를 찾아갔지만 그녀는 집에 없었다. 츠구미의 방에 들어가 기다리고 있는데, 요코 언니가 차를 들고 들어와,

"츠구미 지금, 병원에 있어."

라고 근심스러운 목소리로 말했다.

요코 언니는 키가 작고 몸집이 오동통하다. 늘 나직하게, 노래하듯 말한다. 츠구미가 무슨 짓을 해도 애처로워만 할 뿐 여간한 일로는 화도 내지 않는다. 나는, 이런 사람과 함께 있으면 정말 나 자신이 조그맣게 느껴진다. 츠구미는 항상 "그런 얼치기는 언니도 아니야."라면서 비웃지만, 나는 요코 언니를 아주 좋아하고 존경심마저 품고 있다. 츠구미와 같이 살면서 아무 느낌이 없지는 않을 텐데, 명랑하게 웃는 요코 언니는 정말 천사 같은 사람이라고 생각했다.

"츠구미, 또 아픈 거야?"

걱정스러워 말했다. 비가 오는데 밖에 나간 것이 잘못이었나, 싶은 생각이 들었다.

"응…… 요즘 들어서, 뭘 열심히 쓰더라고. 그러더니 열이……."

"뭐라고?"

나는 말했다. 어리둥절해하는 요코 언니의 눈앞에서 나는, 츠구미의 책상 위 책꽂이를 훑어보았다. 그러자,

'행서체 연습장'

이란 책이, 있었다. 그리고 수북한 종이, 벼루, 먹, 가는 붓이 있었고, 결정적으로 내 방에서 슬쩍한 듯한 할아버지의 편지도 한 통 발견했다.

화가 나기보다, 먼저, 어이가 없었다.

왜, 이렇게까지 해야 하는 것일까, 하고 생각했다. 붓 한번 제대로 쥐어보지 않은 그녀가 뭐 때문에, 그런 일까지 꾸미는 집념은 어디에서 오는 것일까, 나는 도무지 이해할 수가 없었다. 봄 햇살이 비치는 방에서, 나는 창문 쪽으로 고개를 돌려 보얗게 빛나는 바다를 쳐다보면서, 그저 멍하니 생각에 잠겼다. 요코 언니가 무슨 일이냐며 말을 꺼내려는 순간, 츠구미가 돌아왔다.

열 때문에 발그스름하게 달아오른 얼굴, 마사코 이모에게 기대어 맥없는 걸음으로 방에 들어온 츠구미는 내 표정을 보고는 히죽 웃으며,

"들통 났나?"

라고 말했다.

나는 그 순간, 노여움과 수치심에 몸을 푸르르 떨었다. 그리고 벌떡 일어나 츠구미를 한껏 걷어찼다.

"마, 마리아."

놀란 요코 언니가 소리쳤다.

츠구미는 장지문과 함께 꽈당 나자빠지면서 벽에 부딪혔다. 이모가 "마리아, 츠구미는 지금."이라고 말했지만, 나는 눈물을 뚝뚝 흘리면서 고개를 젓고,

"아무 말 마세요!"

라고 말하고, 눈에 잔뜩 힘을 주고 츠구미를 노려보았다. 내가 정말 화를 내자, 그 안하무인인 츠구미도 뭐라 말을 못 했다. 아무도, 츠구미를 걸어찬 적이 없었다.

"이런 못된 짓이나 하려거든, 지금 당장 죽어, 죽어 버리라고."

나는 '행서체 연습장'을 다다미에 내던지면서 말했다.

츠구미는 순간적으로, 지금 사과하지 않으면 내가 그녀와 영원히 절교할지도 모른다고 깨달았으리라. 나는 과연 그럴 생각이었다. 츠구미는 뒤로 넘어진 채, 그 투명한 눈길로 나를 똑바로 쳐다보았다. 그리고 지금까지의 인생에서 단 한번도, 입이 찢기는 한이 있어도 말하지 않았던 단어를, 속삭이듯 중얼거렸다.

"마리아, 미안."

이모도, 요코 언니도, 그리고 누구보다도 내가 제일 놀랐다. 세 사람 다 숨을 삼키며 입을 다물고 말았다. 츠구미가 사과를 하다니…… 어떻게. 우리들은 찬란하

게 쏟아지는 햇살 속에서, 그대로 정지하고 말았다. 오후의 거리를 스쳐지나는 먼 바람 소리가 희미하게 들렸다.

"후후훗."

갑작스러운 츠구미의 웃음소리가 정적을 깨뜨렸다.

"그래도 그렇지, 야 믿더라, 너!"

터져나오는 웃음에 몸을 뒤틀며 츠구미가 말했다.

"뭐가 어쨌다고, 상식적으로 생각해 봐! 죽은 사람이 어떻게 편지를 쓰냔 말이야, 너 정말 머리 나쁘다, 아하하하……."

그러고서 츠구미는, 내내 참고 있던 웃음을 더 이상 참을 수 없다는 듯이 배를 잡고 데굴데굴 굴러대며 웃었다.

덩달아 나도 풋 하고 웃고 말았다, 벌게진 얼굴로 "참 내 기가 막혀서."라고 말하고는 웃고 말았다. 어리둥절해하는 이모와 요코 언니 앞에서, 우리는 그 비 내리던 밤의 대화를 재현하면서 끝없이 키들키들 웃었다.

그렇다, 그 일을 계기로 나와 츠구미는 정말 사이가 좋아지고 말았다, 싫든 좋든.

봄과 이모네 자매

아버지가 전처와 정식으로 이혼하고 우리 모녀를 도쿄로 부른 것은 올 이른 봄이었다. 마침 나는 도쿄에 있는 대학에 지원한 상태였고, 아버지의 연락과 합격발표 시기가 겹치는 바람에 나나 엄마나 전화벨 소리에 몹시 민감해 있었다. 그런 때 츠구미는 일부러 하루에도 몇 번이나 전화를 걸어서는, "그냥 전화해 봤어, 잘 있니?"라느니, "벚꽃이 진다."느니, 신경에 거슬리는 소리만 했다. 그러나 우리 모녀는 마음이 들떠 있어 이번만은 "어머 츠구미로구나. 그럼 안녕."이라며 가볍게 받아넘길 수 있었다.

그 무렵 나나 엄마나 '드디어 도쿄에 간다'는 설렘과 밝은 예감으로 충만해 있었다. 그것은 바로 해빙이었다.

엄마는 정말 오랫동안, 야마모토야 여관에서 즐겁게 일하면서 기다렸다. 별로 괴로워 보이지 않았다. 그러나 실은, 그렇게 처신했기에 괴로움이 최소한에 그칠 수 있었고, 엄마가 의연하고 밝았기에 아버지도 부지런히 오갔고, 결국 엄마를 포기하지 않은 것이라고 생각한다. 엄마는 절대 강한 사람이 아닌데, 무의식적이지만 강해지려고 애쓰는 구석이 있었다. 때로 엄마가 마사코 이모에게 푸념하는 소리를 듣곤 했는데, 하도 생글거리면서 얘기하니까 늘 내용에 비해 푸념처럼 들리지 않았다. 그래서 마사코 이모도 웃으며 고개는 끄덕이지만, 뭐라 대꾸해야 좋을지 모르겠다는 식이었다. 그러나 아무리 주위 사람들이 잘 대해 주어도, 앞날을 알 수 없는 더부살이 첩이란 신세는 변하지 않는다. 속내는 울고 싶을 정도로 지치고 불안한 때도 많았을 것이다. 그런 엄마의 심정을 이해할 수 있을 것 같아서, 결국 반항기도 거치지 않고 어른이 되고 말았다.

그렇게 엄마와 둘이서, 아버지를 기다리며 생활한 바닷가 마을은 알게 모르게 나에게 많은 것을 보여주었다.

봄이 가까워 하루하루 따뜻해지면서, 막상 그곳을 떠난다고 생각하니까, 야마모토야의 낡은 복도며, 밤이면 날벌레가 잔뜩 꼬여드는 간판의 빛이며, 툭하면 거미집이 쳐져 있는 2층 옥상에서 보이는 산들이며, 그런 일상의 낯익은 광경들이 모두 환하고 또렷하게, 가슴 뭉클하게 보였다.

떠나기 얼마 전, 나는 바로 뒷집 다나카 씨네서 기르는 '포치'란 평범한 이름의 아키다견(秋田犬, 아키다현 특산종으로 용맹스럽고 인내심이 강한 개 — 옮긴이)을 데리고 거의 매일 아침 해변을 산책했다.

날이 맑으면 이른 아침의 바다는 한결 빛나 보였다. 수억의 파도가 반짝반짝 부서지면서 차갑게 밀려왔다 밀려가고 또 밀려오는 모습에 뭐랄까, 다가서기 어려운 신성함을 느꼈다. 내가 제방 끝에 앉아 바다를 바라보고 있는 동안, 포치는 제멋대로 해변을 돌아다니면서 여기저기서 낚시하는 사람들의 사랑을 받았다.

언제부터인가, 츠구미도 그 산책에 따라나섰다. 나로서는 아주 반가운 일이었다.

옛날 포치가 어린 새끼였을 때, 포치를 못살게 굴다가 보기 좋게 물린 적이 있는 츠구미였다. 나는 그때 요코 언니, 마사코 이모, 엄마 그렇게 넷이서 막 점심을 먹으려는 찰나였다. 츠구미는 어디로 간 거지, 라고 마사코 이모가 말하는데 피투성이 손에 새파랗게 질린 츠구미가 방으로 들어왔던 장면을 기억하고 있다.

"어떻게 된 거야!"

소리를 지르며 벌떡 일어난 마사코 이모에게 츠구미

는 아주 차분하게, "기른 개한테 물렸어."라고 말했다. 그 말투가 하도 우스워서 나와 요코 언니, 엄마까지 엉겁결에 풋 하고 웃음을 터뜨리고 말았다. 그 후로 포치와 츠구미는 앙숙이 되었다. 츠구미가 부엌문으로 드나들 때마다 포치가 하도 왕왕 짖어서 손님들에게 폐가 이만저만이 아니라고 모두들 걱정했다. 나는 양쪽하고 다 사이가 좋아서 그 일이 영 마음에 걸렸는데, 이 동네를 떠날 즈음 둘이 화해를 하게 되어 기뻤다.

비만 안 오면 츠구미는 산책에 따라나섰다. 아침, 내가 덧문을 열면 그 소리를 듣고 포치가 껑충껑충 개집에서 뛰어나온다. 나는 서둘러 세수를 하고, 옷을 갈아입고 밖으로 나가 야마모토야와 다나카 씨네 마당 사이에 있는 나무문을 살며시 열고, 사슬 소리를 차르륵차르륵 울리며 껑충거리는 포치를 잡아 목걸이에 가죽 줄을 바꿔 낀다. 그리고 다시 나무문을 빠져나오면, 어느 틈엔가 츠구미가 기다리고 있었다. 처음에는 포치도 싫어하는 것 같았고, 츠구미도 내심 겁을 먹고 꽁무니를 빼는 바람에 산책길이 우울했지만, 시간이 흐르면서 츠구미가 가죽 줄을 잡아도 포치는 그냥 가만히 있었다. 아침 햇빛 속에서, "뛰지 좀 마."하면서 신이 나 포치에게 끌려가는 츠구미는 정말 귀여웠다. 나는, 아아 츠구미도 사실은 포치하고 사이좋게 지내고 싶었었구나…… 하는 생각에 가슴이 찡했지만, 포치가 너무 앞서 가면 가죽 줄을 힘껏 잡아당겨 포치가 뒷발로만 서게 만드는 통에 역시 안심할 수가 없었다. 남의 집 개를 목 졸라 죽여시야 큰일 아닌가.

츠구미에게도 그 정도의 운동이 적당한 듯했다. 츠구미가 따라나선 뒤로 나는 산책길을 절반으로 줄였다. 그래도 걱정스러웠는데, 츠구미의 얼굴색도 좋아지고 열도 오르지 않아 안심했다.

어느 날 아침, 산책을 할 때였다.

그날은 구름 한 점 없이 날이 맑아, 바다색도 하늘색도 달짝지근한 파랑이었다. 강렬한 빛 속에서 모든 것이 금빛으로 눈부시게 보였다. 모래사장 중간쯤에 나무로 조립한 망루 같은 감시탑이 서 있다. 나와 츠구미는, 여름 성수기 때면 감시원이 지키는 그 감시대에 사다리를 타고 올라갔다. 포치가 처음에는 부럽다는 듯이 밑에서 빙빙 맴돌다가, 자기는 오를 수 없다는 것을 알자 포기하고 멀리로 달려갔다. 츠구미가 정말 짓궂게 "약 오르지!" 하고 소리치자, 포치는 멍, 하고 짖었다.

"왜 그렇게 놀리니?"

내가 기가 차서 말하자,

"개 같은 짐승이 사람 말을 어떻게 알겠어."

라고 웃으면서 말하고는 바다를 바라보았다. 이마에

서 가느다란 앞머리가 살랑살랑 나부꼈다. 열심히 달린 탓에 발갛게 달아오른 두 볼은 혈관이 비칠 듯하고, 바다를 담은 눈동자는 반짝반짝 빛났다.

나도 바다를 바라보았다.

바다란 정말 신기한 것이어서, 둘이서 바다를 향하고 있으면 잠자코 말없이 있든 조잘조잘 수다를 떨든 상관없어진다. 아무리 보고 있어도 질리지 않는다. 파도 소리도, 바다의 표면도, 아무리 거칠게 꿈틀거려도 절대 시끄럽게 느껴지지 않는다.

나는 내가 바다가 없는 곳으로 이사를 간다는 것이 도저히 믿기지 않았다. 전혀 실감이 나지 않아 불안할 정도였다. 좋은 때나 나쁜 때나, 더운 날씨에 사람들로 북적거릴 때나 별이 총총한 한겨울에나, 새해를 맞이하여 신사로 가는 길에나, 옆을 보면 늘 바다는 한결같이 거기에 있었다. 내가 작든 크든, 옆집 할머니가 죽든 의사네 아기가 태어나든, 첫 데이트를 할 때나 실연했을 때나, 아무튼 언제나 바다는 넓고 잔잔하게 마을을 감싸고 변함없이 밀려왔다 밀려갔다. 시야가 환히 트인 날에는 만 건너 해안이 선명하게 보였다. 그리고 바다는, 보는 이가 딱히 감정을 이입하지 않아도, 무언가를 어김없이 가르쳐주는 것 같았다. 그런 식이라 지금까지는, 그 존재와 쉴 새 없이 부서지는 파도 소리의 울림을 새삼스럽게 생각하는 일이 없었는데, 도시 사람들은 대체 뭘 보고 '평형'을 생각할까. 역시, 달님일까. 그러나 달은 바다에 비하면 너무 멀고 작아서, 왠지 서글프게 느껴졌다.

"츠구미, 나, 내가 바다가 없는 곳에서 살게 되다니, 못 믿겠어."

나도 모르게 그만 내뱉고 말았다. 말하고 나니까 점점 더 불안이 짙어졌다. 아침 햇살이 시시각각 하얗게 기세를 더해 가고, 마을이 움직이기 시작하는 무수한 소리가 멀리서 들려왔다.

"바보."

츠구미는 골난 사람처럼 얼굴도 돌리지 않은 채 불쑥 말했다.

"뭔가를 얻을 때에는 반드시 뭔가를 잃는 법이잖아. 너희 세 가족, 이제 겨우 모여 살게 됐잖아. 전처를 몰아내고 말이야. 그런데 바다가 뭐 그리 대단하다고. 너 아직 애로구나."

"하긴, 그렇다."

츠구미가 너무 진지하게 대답해서 나는 내심 놀랐다. 너무 놀라 한순간, 불안이 어디론가 날아가 버렸을 정도였다. 그렇다면 츠구미도 마음속으로는 무언가를 얻기도 하고 무언가를 잃기도 하는 것일까. 츠구미는 자아가 너무도 분명하고 강해서 도무지 무언가를 얻고 잃을 것처럼 보이지 않았기 때문에, 나는 불현듯 츠구미의 속내를 알아버린 듯한, 애틋한 기분이 들었다.

츠구미는 줄곧 그런 기분을 아무한테도 알리지 않고 살아온 것일까.

그렇게 아쉬움을 하나씩 정리하듯, 나는 고향을 떠날 준비를 했다. 오래도록 만나지 못한 중학교 시절 친구며 고등학교 때 잠시 사귀었던 남자 아이도 잠깐 만나 이사한다는 사실을 알렸다. 그런 꼼꼼함은 엄마한테서 물려받았나 보다고 나는 생각했다. 엄마는 자기 입장이 첩이라서인지, 사람들을 유난히 반듯하게 대했다. 이사를 가는 것만 해도, 나는 정말이지 아무한테도 알리지 않고 멋있게 사라지려고 했는데, 엄마는 너무나 당당하게, 그리고 아쉽다는 듯이 동네 사람들에게 인사를 하고 돌아다니는 통에, 이 좁은 동네에 금방 소문이 퍼지겠다 싶어서, 생각을 바꿔 만나고 싶은 사람은 다 만나기로 한 것이다. 짐도 조금씩 정리했다.

그것은 반짝반짝 아름답고, 그러나 가슴 아픈 일이었다. 거의 파도와 비슷했다. 피할 수는 없지만 결코 불행하지 않은 자연스러운 이별. 그런 일을 하다가 문득 손길을 멈추면, 가슴속으로 쉼 없이 밀려오는 아픔보다 한결 애틋하고 설레는 감정을 느낄 수 있었다.

츠구미의 언니인 요코 언니와 나는 함께 아르바이트를 했다. 동네 한가운데를 지나는 도로 옆 제과점에서. 동네에서 유일하게 양과자만 취급하기로 유명한 가게였다.(자랑거리도 못 되지만…….)

그 밤, 나는 일부러 요코 언니가 일하는 밤 시간에 맞춰 마지막 월급을 받으러 갔다. 그리고 마음속으로 예상했던 대로 남은 케이크를 둘이서 나눠 들고 같이 돌아왔다.

요코 언니는 2인분의 케이크를 바구니에 조심스럽게 담고서 자전거를 끌었다. 나는 그 옆에서 천천히 걸었다. 야마모토야 여관으로 가는 강가 자갈길은 마침내 커다란 다리와 만난다. 그 너머는 바다고, 강은 바다를 향해 조용히 흘러들고 있었다. 달과 가로등이 강물과 난간을 밝게 비추고 있었다.

"다리 밑이 온통 꽃이다."

그 다리에 접어드는데, 갑자기 요코 언니가 밑을 보며 말했다. 콘크리트 다리 밑 강둑, 흙이 있는 좁은 틈새로 하얀 꽃이 소담스럽게 피어 밤바람에 살랑살랑 흔들리고 있었다.

"정말이네."

라고 나는 말했다. 꽃들이 어둠 속에 하얗게 떠 있는 것처럼 보였다. 바람에 몸을 맡기고 일제히 흔들릴 때마다, 마치 꿈속처럼 하얀 잔상이 남는다. 그 옆으로 강물이 졸졸졸 흐르고, 저 먼 앞쪽에서는 달빛을 받아 한 줄기 길처럼 빛나는 밤바다가 반짝반짝 찬란하게, 한없이 검은 몸을 꿈틀거리는 것처럼 보였다.

이렇게 황홀한 광경을 마음껏 볼 수 있는 시간도 이제 얼마 남지 않았군, 하고 나는 마음속으로만 살짝 생각했다. 요즘 들어 눈물이 많아진 요코 언니가 쓸쓸해하지 않도록.

우리 둘은 잠시 걸음을 멈췄다.

"참 예쁘다."

라고 내가 말하자,

"그래."

라며 요코 언니가 미소 지었다.

긴 머리카락이 어깨 위에서 하늘하늘 흔들렸다. 츠구미에 비해 눈에 확 띄는 것은 아니지만, 그녀의 얼굴은 우아했다. 그리고 자매가 나란히 바닷가에서 자랐으면서도 피부가 하얗다. 이렇게 밝은 달빛 아래에서는 요코 언니의 얼굴이 한결 창백해 보인다.

우리는 금방, 집으로 걸음을 옮겼다. 10분 후면, 자전거 바구니 속에서 달그락달그락 흔들리는 케이크를 여자 넷이서 사이좋게 먹으리라. 눈에 보일 듯했다. 텔레비전 소리, 다다미 냄새. 밝은 방, 우리 엄마와 마사코 이모가 있는 곳으로, 나와 요코 언니는 다녀왔어요, 라며 들어가리라. 츠구미는 "이제 너희들이 가져오는 케이크는 싫증 나서 못 먹겠어."라고 불평하면서도, 좋아하는 케이크를 세 조각 정도 들고 자기 방으로 물러가리라. '가족들의 단란한 시간 따위는 구역질이 날 정도로 싫다'는 츠구미는 늘 그런 식이었다.

바다가 보이지 않는 골목길에 들어서서도, 파도 소리가 따라오는 듯한 느낌이었다. 달도 따라오고 있었다. 해묵은 지붕, 또 그 너머로, 줄곧.

그런 밝은 시간을 앞두고서도 우리 둘은 왠지 착잡한 기분으로 터벅터벅 걸어갔다. 그날로 아르바이트를 그만둔 탓인지도 모르겠다. 둘 사이에는 사이좋은 사촌으로 지낸 오랜 세월만큼의 허전함이 희미한 선율처럼 흐르고 있었다. 나는 어쩌면, 햇볕을 받아 떨어진 꽃잎의 그림자 같은 요코 언니의 온순한 성품에 대해서, 새삼 생각하고 있었는지도 모르겠다. 아니, 그때는 아무렇지도 않았다. 둘이서 시시껄렁한 얘기만 하고, 웃으면서 걷고 있었으니까. 그러나 그때는 즐거웠어도 나중에 돌아보는 추억에서는, 그 밤의 어둠과 전신주와 쓰레기통 그림자만 찡하고 어둡게 되살아나곤 한다.

지금 생각하면, 그 밤은 정말 그랬다.

"마리아가 문 닫기 직전에 온다고 해서, 주인이 남은 건 우리 둘에게 주겠지 하고 기대하고 있었어. 잘됐지."

라고 요코 언니가 말하고,

"그래, 남아도 안 줄 때도 있고, 남지 않을 때도 있으니까, 운이 좋았지 뭐."

라고 내가 말했다.

"집에 가면 다 같이 먹자."

동그란 안경을 낀 자상한 옆얼굴을 보이며, 요코 언니는 웃었다.

"아 참, 나, 츠구미한테 빼앗기기 전에 애플파이는 꼭, 꼭 챙겨두고 싶어. 츠구미, 애플파이 좋아하잖아."

부끄럽지만, 그때는 꽤나 절실하게 말했다고 생각한다.

"그럼, 이 상자에는 애플파이만 들어 있으니까, 츠구미한테 아예 보여주지 말자."

요코 언니는 그렇게 말하고 또 웃었다.

현명한 요코 언니는, 누구의 어떤 투정도 모래밭이 물을 빨아들이듯 받아들인다. 거기에는 환경에서 빚어진 밝은 냉정함이 있었다.

츠구미는 성격이 좀 특별하니까 예외로 하고, 내 학

교 친구들 중에는 요코 언니처럼 '여관집 딸'인 아이가 몇 명 있다. 그녀들은 서로 타입은 달라도, 어떤 공통점을 갖고 있었다. 어디까지나 분위기를 말하는 것이지만, 인간관계에 냉정하게 대처하는 방법을 알고 있는 것 같았다. 어렸을 때부터 수많은 사람들이 자기 집에 잠시 살다가, 떠나가는 것을 곁눈으로 보고 자란 탓일까. 모두들 이별에 익숙하고, 이별에 얽혀 있는 다양한 감정들을 가볍게 흘려보내, 자기 안에 있다는 것조차 모르는 척하는 데 능숙한 것일까. 나는 여관집 아이는 아니지만, 거의 그런 셈이라서, 내게도 그런 부분이 있는 듯한 느낌이다. 대수롭지 않은 감정에서 오는 아픔을 용케 잘 피한다고 생각한다.

그러나 이별에 관한 한 요코 언니는 달랐다.

어렸을 적, 방 청소 시간에 콩콩거리며 뛰어 돌아다니다. 이 집 아이니? 라며 말을 거는 장기 체류 손님과 친해지곤 했다. 얼굴만 아는 정도라도, 서로 인사를 나누는 것은 즐거운 일이었다. 그리고 손님 중에는 정말 짜증나는 사람이 있는 것처럼, 좋은 사람도 있는 법이다. 남자든 여자든, 그 사람이 있으면 자리가 환하게 빛나는, 주방에서 일하는 사람이나 아르바이트하는 사람들 사이에서 인기가 좋아 화제에 오르는 그런 사람 말이다. 그런 사람이 떠날 때, 짐을 꾸려 차에 올라타고 손을 흔들며 사라진 후, 오후의 텅 빈 방에 비치는 햇살이 유난히 눈부셨다. 내년에 꼭 다시 오겠지, 하지만 그 내년이 너무도 멀고 기약 없다. 그런데도 다시 새 손님이 들어오고, 그런 반복을 우리는 수없이, 수없이 보아왔다.

성수기가 지나 손님이 한꺼번에 줄어드는 초가을, 나는 그 허전함을 일부러 조잘조잘 수다를 떨면서 어영부영 넘겨버리는데, 요코 언니는 잔뜩 풀이 죽어, 사이좋게 지내던 아이가 깜빡 잊고 두고 간 물건을 보고도 눈물을 흘리곤 했다. 그런 마음은, 마음속 아주 작은 부분이니까 누구든 드러내지 않고 간직할 수 있을 것이라고 생각한다. 그런 마음을 들여다보면 쓸쓸해지고 감상적이 되니까, 그럴 만한 기회가 많은 사람일수록 사소한 슬픔에 대처하는 기술을 익히게 된다. 그런데 요코 언니는 반대로 자신의 그런 기분을 아주 소중하게 지키고 키워가는 경향이 있었다. 아마도 잃고 싶지 않아서이리라.

모퉁이를 돌면, 화단 속에서 빛나는 '야마모토야 여관'이란 간판이 보인다. 동시에 나란히 줄지어 있는 객실 창문을 보면 나는 늘 안도했다. 손님이 많아 곳곳에 불이 켜져 있든 텅 비어 어둡든, 무언가 커다란 것이 맞아주는 듯한 느낌이었다. 부엌문을 지나 이모부네 집

현관문을 열면서, 요코 언니가 "다녀왔어요."라고 말한다. 그 시간, 엄마는 아직 여관에 있든가 이모부네 집 거실에서 차를 마시고 있다. 그리고 케이크나 밤참을 다 먹으면 엄마와 둘이서 별채로 갔다. 거의 습관적으로, 늘 그랬다.

"아 참."

신발을 벗으면서 불현듯 생각이 난 내가 말했다.

"녹음해 달라고 했던 레코드, 요코 언니한테 줄게. 지금, 가지고 올까?"

"뭐? 그러지 마. 두 장짜리 세트잖아, 그거. 테이프에 녹음만 해주면 돼."

요코 언니가 어리둥절해하며 말했다.

"괜찮아, 어차피 두고 가려고 했으니까, 오히려 잘 됐지 뭐."

아차, 싶었지만 말이 멈춰지지 않았다.

"작별 선물 대신. 어어 참, 가는 쪽에서는 그런 말 안 하지."

현관 앞 어둠 속에서 고개 숙이고 자전거에 덮개를 씌우는, 요코 언니의 빨갛게 충혈된 눈에 눈물이 그렁 그렁 맺혀 있었다.

너무도 솔직한 눈물에 나는 당황하여, 일부러 모르는 척 집 안에 들어가서는 돌아보지도 않고,

"언니, 빨리 와. 케이크 먹자."

라고 말했다.

"응, 그래."

재빨리 눈물을 닦고, 코맹맹이 소리로 대답하는 해맑은 요코 언니는, 자기가 눈물이 많다는 것을 아무도 모른다고 생각하고 있으리라.

10년 동안이나, 온갖 것들이 하나로 엮인 커다란 베일 같은 것이 나를 지켜주었다. 그곳에서 벗어나보지 않으면 아무도 그 따스함을 깨닫지 못한다. 두 번 다시 돌아갈 수 없게 된 다음이 아니면, 자기가 그 안에 있다는 것조차 느끼지 못할 정도로, 적당한 온도의 베일. 그것은 바다이며, 마을 전체이며, 이모네 가족 모두이며, 엄마이며, 그리고 멀리 사는 아버지였다. 그런 모든 것이 그 시절의 나를 포근하게 감싸주고 있었다. 나는 언제든 즐겁고 행복하지만, 가끔 그 시절이 견딜 수 없이 그리워진다. 사무치도록. 그런 때면 늘, 모래사장에서 포치와 장난하는 츠구미와, 자전거를 끌고 생글생글 미소 띤 얼굴로 밤길을 걷는 요코 언니의 모습이 제일 먼저 떠오른다.

인생

나와 엄마와 함께 셋이서 살게 된 아버지는, 매일 밤 집에 들어오는 것이 신이 나 죽겠다는 표정이었다. 웃음이 절로 나올 만큼 요란스러웠다. 매일 밤, 생선 초밥이니 케이크를 껴안고는 다녀왔어, 하며 현관문을 열고 들어오는 아버지의 긴장 풀린 웃는 얼굴을 보면 나는, '이 사람이 회사에서 일이나 제대로 하는 걸까?' 하고 조금은 불안해졌다. 그는 주말이면 우리를 차에 태워 도쿄에 있는 맛집 멋집으로 데리고 다녔고, 직접 음식을 만들기도 하고, 괜찮다는데도 내 책상 위에 손수 책꽂이를 만들어주겠다며 가만있지를 않았다. 뒤늦게 찾아온 '가정적인 아빠'였다. 하지만 그 열성이 우리 세 사람 사이에 가로놓여 있던 희미한 불안의 찌꺼기를 깨끗하게 거둬가 주었다. 세월이 낳은 뒤틀림이 바로잡히고, 생활이 원만하게 돌아가기 시작했다.

그날 저녁나절, 아버지가 안타까운 목소리로 "야근이 야……."라며 전화를 걸었다. 엄마가 일찌감치 잠이 든 후, 식탁에서 리포트를 쓰면서 텔레비전을 보고 있는데 아버지가 돌아왔다. 아버지는 나를 보더니, "아직 안 잤어."라며 반가운 듯 웃고는, "엄마는 벌써 잠들었니?"라고 물었다.

나는 "네." 하고 대답했다.

"된장국하고 생선밖에 없는데, 식사하실래요?"

"그거 좋지."

아버지는 의자를 달그락거리며 앉아 윗도리를 벗었다. 나는 냄비를 불에 올려놓고, 접시를 전자 레인지에 넣었다. 한밤의 부엌에 활기가 지펴진다. 텔레비전이 나지막이 울린다. 느닷없이 아버지가,

"마리아, 쌀과자 먹겠니?"

라고 물었다.

"네?"

내가 돌아보자 아버지는 가방에서 주섬주섬, 종이에 조심스레 싼 쌀과자 두 개를 꺼내 식탁 위에 놓았다.

"하나는 엄마 몫이다."

"어떻게, 그거밖에 없어요?"

놀란 내가 물었다.

"어, 오늘 낮에 손님이 가져온 거다. 먹어보니까 하도 맛있어서, 조금 덜어왔지. 이거, 진짜 맛있다."

설명을 하면서 아버지는 쑥스러워하지 않았다.

"집에서 몰래 개 키우는 남자 아이 같다고 하지 않던 가요?"

라며 나는 웃었다. 다 큰 어른이 겨우 쌀과자 두 개를 가방에 몰래 넣어 가져온 것이다.

"도쿄란 데는 채소도 형편없고, 생선도 맛이 없어 영 신통찮지만, 쌀과자만큼은 자랑스럽게 내놓을 수 있을 만큼 맛있다."

아버지는 내가 퍼준 밥과 된장국을 우물우물 먹으면서 말했다. 레인지에서 생선 접시를 꺼내 아버지 앞에 내려놓고 나는,

"어디, 먹어볼까." 하고 의자에 앉아 쌀과자를 집었다. 쌀과자를 처음 집어보는 외국인이 된 기분이었다. 먹어보니, 조린 간장의 짙은 맛이 나고 정말 맛있었다. 맛있다고 하자 아버지는 만족스럽게 고개를 끄덕거렸다.

도쿄에 막 올라왔을 때, 우연히 회사에서 돌아오는 아버지를 본 적이 있다. 나는 영화를 보고 나오는 길이었고, 빌딩이 즐비한 거리의 건널목에서 신호를 기다리고 있었다. 서쪽으로 기우는 햇빛에 빛나는 하늘이 빌

딩의 온 창문에, 거울에 비친 것처럼 선명하게 비쳐 있었다. 마침 퇴근 시간이라 양복 차림의 남자들과 사복으로 갈아입은 화사한 여사원들이 잔뜩, 신호가 파란색으로 바뀌기를 기다리고 있었다. 부는 바람과 사람들의 표정이 거의 비슷하게 약간은 지쳐 있고, 모두들 갈 곳이 있는지 없는지 애매하게 웃는 얼굴로 얘기하고 있었다. 아무 말 없이 서 있는 사람의 얼굴은 다소 음울했다.

문득, 길 건너를 걸어가는 남자가 유난히 눈에 띈다 싶었는데, 바로 아버지였다. 아버지 역시 조금은 음울한 표정으로 걷고 있어, 이상했다. 집에서는 텔레비전을 보면서 꾸벅꾸벅 졸기 직전에나 보이는 표정이었다. 흥미로워진 나는 아버지의 '밖에서의 얼굴'을 쳐다보았다. 그때, 아버지가 다니는 회사 건물에서 여사원이 뛰어나와 큰 소리로 아버지를 불러 세웠다. 내가 서 있는 반대쪽 도로에서는 그 광경이 처음부터 끝까지 다 보였다. 그녀는 서류 봉투를 손에 들고 있었다. 자기 이름을 부르는 소리가 들리자 아버지는 사방을 두리번거리다가 간신히 그녀를 찾아내, 아아, 미안 미안, 이라고 입을 움직이며 웃었다. 숨을 헐떡거리며 뛰어온 그녀는 아버지에게 미소 지으며 봉투를 건네고는 인사를 하고 다시 돌아갔다. 고마웠어, 그럼, 이라고 말한 아버지는 봉투를 들고 다시 역을 향해 빠른 걸음으로 걷기 시작했다. 그때 신호가 바뀌면서 사람들이 우르르, 흘렀다. 나는 쫓아갈까 하고 잠시 망설이다가, 이미 늦어서 그만두고는 해 질 녘의 거리에서 잠시 생각했다.

비록 짧은 순간의, 단순히 서류 봉투를 깜박한 사건이었지만 나는 아버지의 지금까지의 생활을 자연스럽게 엿볼 수 있었다. 아버지의, 오래고 오랜 생활. 나와 엄마가 그 바닷가 마을에서 생활한 날들과 똑같은 길이의 세월, 아버지도 이곳에서 숨쉬고 있었다. 전처와 옥신각신하기도 하고, 일도 하고, 실적도 올리고, 밥도 먹고, 지금처럼 깜박 물건을 잊기도 하고, 때로는 먼 곳에 사는 나와 엄마를 그리워하면서. 나와 엄마에게는 생활의 장이었던 그 동네가 아버지에게는 주말에만 찾을 수 있는 휴식의 장이었던 것일까. 우리를 버리고 싶었던 때도 있었을까. 물론, 물론 있었을 테지, 하고 나는 생각했다. 평생 말하지 않더라도, 모든 것이 귀찮고 성가셨던 때가 분명, 마음속 깊은 곳에 묻혀 있으리라. 너무나 묘한 상황에 있었기에, 오히려 우리 세 사람은 '전형적인 행복한 가족'이라는 시나리오 속 등장인물처럼 온순해지고 말았다. 모두, 사실은 마음속에 잠들어 있을 끈적끈적한 감정을 내보이지 않으려고 무의식적으로 애쓰고 있다. 인생은 연기, 라고 나는 생각했다. 의미는 똑같아도, 내게는 환상이란 말보다 친근한 느낌이 들었다. 그 저녁, 사람들의 물결 속에서 아찔하도록 그 것을 실감하는 순간이었다. 한 사람의 인간은 온갖 마음을, 모든 좋은 것과 더럽고 나쁜 것의 혼재를 껴안고, 자기 혼자서 그 무게를 떠받치고 살아가는 것이다. 주위에 있는 좋은 사람들에게 가능한 한 친절을 베풀 수 있기를 바라면서, 혼자서.

"아빠, 너무 무리해서 오버히트하면 안 돼요."

나는 말했다. 아버지가 어리둥절한 표정으로 고개를 들었다.

"무리라니, 뭐가?"

"그러니까, 빨리 들어오려고 애쓰고, 또 집에 들어올 때마다 뭐 사들고 오고, 나한테 옷도 사주고, 그런 거 너무 많이 하면 금방 지치잖아요."

"끝에 한 말은 뭐냐, 난 그런 적 없는데."

아버지가 웃었다.

"그러면 좋겠다는 거죠."

나도 웃었다.

"오버히트는 또 뭐고?"

"갑자기 가정에 싫증이 나서, 바람을 피운다거나, 술에 절어 지낸다거나, 가족에게 괜한 화풀이를 한다거나, 그런 거요."

"언젠가는 그런 일이 있을지도 모르지."

아버지는 다시 한번 웃었다.

"하지만, 지금은 우리 세 사람의 생활을 되찾는 것만
으로도 벅차다. 몇 년을 기다려서, 하고 싶었던 생활을
하고 있는 거야, 나는 아주 즐겁다. 세상에는 혼자서만
만사를 즐기는 사람도 있지만, 아버지는 원래가 소심하
고 가정적인 사람이다. 그래서 전처하고 사이가 안 좋
았지만 말이다. 그 사람은 아이를 싫어하고, 나다니는
것을 좋아했어. 집안일도 영 서툴고. 물론 그런 사람도
있는 게 당연하지만, 나는 매일 집에서 같이 텔레비전
을 보고, 일요일에는 귀찮아도 외출하는 사이좋은 가족
을 원했어. 그런 사람들이 서로 좋아한 게 잘못이지.
네 엄마하고 너하고 떨어져 지낸 오랜 시간과 그동안의
외로움을 생각하면, 가족이 얼마나 소중한 건지 잘 알
수 있지. 물론 언젠가는 생각이 바뀌어서, 너나 네 엄
마한테 못살게 구는 일이 있을지도 모르겠지만, 그 또
한 인생이야. 만약 우리의 마음이 서로 맞지 않아서,
그런 때가 오더라도, 그런 때를 위해서 더더욱, 좋은
추억은 많은 편이 좋은 거다."

밥을 먹다 말고 아버지는 담담하게 말했다. 옳은 말
만 하고, 꽤나 날카로운데, 하고 생각하는 내 마음속으

로, 이곳에 살기 시작하고서 처음으로 느끼는 어떤 친근감이 스며드는 기분이었다.

"네 엄마도 여러 가지로 생각이 많을 거다. 말은 안 해도, 오래 살았던 곳을 떠났으니."

아버지가 절절하게 말했다.

"왜 그렇게 생각하는데요?"

"그야, 사실이 그러니까."

아버지는 젓가락으로 전갱이를 쿡쿡 찔렀다.

"요즘 저녁 식탁에, 매일 생선이 오르잖니."

듣고 보니 그랬다. 생선 가게 앞에서 걸음을 멈추는 엄마의 모습이 떠올라서, 나는 말을 잃었다.

"너 대학생 아니냐. 밤에 늘 집에 있는 것 같던데, 동아리 모임이라든가 아르바이트 같은 건 안 하니?"

아버지가 뜬금없이 말했다.

"네? 동아리에는 들지도 않았는데 모임이 그렇게 자주 있겠어요. 아르바이트도 안 하고. 왜 갑자기 텔레비전에서 주워들은 것 같은 소리를 하시는 거죠?"

나는 웃었다.

"매일 밤, 왜 이렇게 늦는 거야, 하고 한번쯤은 야단을 치고 싶어서."

아버지도 웃었다.

식탁 위에 소리 없이 남아 있는, 엄마 몫의 쌀과자가

우리 가족의 행복을 얘기해 주고 있었다.

그래도 가끔은, 잠이 안 올 정도로 바다가 그립다. 도무지 어쩔 수가 없다.

종종 가는 긴자 거리에서는, 바람의 방향에 따라 불현듯 바다 냄새가 코끝을 스칠 때가 있다. 거짓말도 아니고, 허풍도 아니고, 그 순간 나는 소리를 지를 뻔한다. 온몸이 순식간에 그 냄새에 빨려들어 옴짝도 할 수 없을 정도로 슬퍼진다. 울고 싶어진다. 그런 때는 거의 늘 날씨가 맑고, 투명한 하늘이 한없이 이어지고, 나는 손에 든 야마노 악기와 쁘렝땅 백화점의 쇼핑백을 내던지고 달려가, 소금 냄새가 눌어붙은 그 더러운 제방에 서서 한껏 바다 냄새를 맡고 싶어진다. 이렇게 강렬한 충동도 언젠가는 희미해질 것이라는 아픔, 이것이 향수라는 것일까.

며칠 전, 엄마와 함께 걸을 때도 그랬다. 평일 낮에 사람도 많지 않은 큰길에서, 백화점에서 나오는 순간, 강한 바람이 스치며 바다 냄새가 났다. 우리 둘 다 금방 알아챘다.

"어머나, 바다 냄새."

엄마가 말했다.

"저기 저쪽에 부두가 있어서 그래요, 하루미 부두."

나는 손가락으로 가리키며 말했다. 바람의 방향을 조사하는 사람이 된 느낌이었다.

"그렇구나."

라며 엄마는 미소 지었다.

엄마가 공원 입구에 있는 꽃집에서 꽃을 사고 싶다고 해서, 공원으로 향했다. 저 앞에 보이는, 물기로 촉촉한 공원의 우거진 숲이 눈부셨다. 장마 중에 잠시 얼굴을 내민 귀중한 파란 하늘 아래서, 숲의 싱그러움이 더했다. 때마침 하루미행 버스가 스쳐 지나갔다. 그 요란한 버스 소리가 귀에 남았다.

"커피라도 마시고 갈까요?"

나는 말했다.

"아니, 서둘러 가자. 오후에 꽃꽂이 교실에도 가야 하고, 그리고 아버지, 내일부터 출장이잖아. 저녁 지어서 같이 먹어야지, 안 그러면 또 실망할 거야. 정말 어린애 같다니까."

그렇게 말하는 엄마의 옆얼굴이 웃고 있었다.

"지금이니까 그렇죠. 그러다 시들해질 거예요."

나는 말했다. 주부로 살아가는 엄마는 웃는 얼굴까지 동그래졌다. 미소 짓는 얼굴선이 부드러운 햇살에 천천히 파문을 그리는 듯 보였다.

"마리아는? 친구 생겼어? 물론 생겼겠지, 전화도 엄

청 많이 오니까. 대학 생활 재밌니?"

"왜요? 재밌어요."

"아니, 여기 오기 전에는 요코 언니하고 츠구미하고
자매처럼 늘 함께였잖아. 좀 외롭지 않나 해서. 집 안
이 너무 조용하니까 말이야."

"하긴 그렇네요."

나는 말했다.

"소리 날 일이 별로 없죠."

복도를 오가는 분주한 발소리, 주방의 활기, 큼지막
한 청소기가 윙윙거리며 돌아가는 소리, 로비에서 울리
는 전화벨 소리. 늘 많은 사람들이 같은 집 안에서 북
적거렸고, 5시하고 9시에는 동사무소에서 방송하는,
'어린이는 그만 집으로 돌아갑시다.' 라는 소리가 스피
커를 타고 들려왔다. 파도 소리, 기적 소리, 새 울음
소리.

"엄마가, 오히려 외롭겠죠."

나는 말했다.

"그래, 맞아. 마냥 그 집에서 더부살이를 할 수 있는
것도 아니고, 아버지하고 같이 살 수 있게 되어서 물론
기쁘지만, 여럿이서 같이 지내던 시절의 느낌에서 헤어
나기가 어렵구나. 바다 냄새처럼 말이야."

그렇게 말하고, 엄마는 손을 입에 대고 후후후, 하고

웃었다.

"나도 참, 시인이 따로 없다 얘."

아주 어렸을 때 일이라서 기억이 가물가물하지만, 지금 생각하면 웃음이 나오는 추억이 있다. 여름, 놀다 지친 나는 저녁밥을 먹고는 그대로 상 옆에서 텔레비전을 보다가 꾸벅꾸벅 졸았다. 그때 아버지와 엄마가 얘기를 시작했다. 퍼뜩 잠이 깬 나는 살짝 눈을 뜨고 바로 코앞에 있는 다다미 이음새를 쳐다보면서 그 얘기를 들었다. 그런 일이 종종 있었다. 아버지는, 도쿄의 아내가 이혼해 주지 않는다느니, 이런 데에다 당신하고 마리아를 언제까지 내버려둘 수는 없다느니, 그런 얘기를 한없이 풀어놓았다. 젊은 시절의 아버지는 늘 고민이 많고 심각한 성격이었다. 그는 엄마를 만나고서부터 그 성격을 고치기 시작한 것이다. 꽤나 많이 변했다고 생각한다. 엄마는 아주 낙천적인 성격이다. 그때, 엄마는 말했다.

"어머, 무슨 그런 말씀을. 이런 데라니요."

"아니, 말이 그냥 그렇게 나왔어. 그야 마사코 씨는 당신한테 언니지. 하지만 더부살이에, 하루 종일 고된 일을 하면서, 행복하다고 할 수 있겠어."

아버지는 그런 얘기를 또 주절주절 시작했다. 엄마의

짜증이 등을 돌리고 누워 있는 내게까지 전해졌다. 엄마는 우는소리를 제일 싫어한다.

"그만 해요."

엄마가 깊은 한숨을 쉬며 말했다. 그 말을 지금도 또렷하게 기억하고 있다. 무슨 일이 있을 때면 늘 떠오를 정도다.

"그런 말만 하다 보면 당신, 뭔가가 부족하다, 부족하다고 불평하면서 관 속에 들어가게 된다고요."

츠구미가 했던 말도 생각난다.

"너희 아버지, 진짜 철없다."

츠구미의 방에서 테이프를 녹음하고 있는데, 츠구미는 정말 못 말리겠다는 듯이 그렇게 말했다. 구름이 잔뜩 낀 오후였다. 파도가 뾰족뾰족 험하게 보이고, 하늘이 회색 구름으로 어두컴컴해진 날이면, 츠구미는 언제나 사람들을 조금은 부드럽게 대했다. 날씨가 그런 날 죽을 뻔한 일이 있어서 그러나, 하고 마사코 이모가 언젠가 말한 적이 있다.

"철없다니, 뭐가?"

나는 물었다.

"애 같잖아, 어른이 덜 된, 내 말뜻 알겠어?"

새하얀 베갯잇에 머리칼을 펼쳐놓고 누운 자세로, 미열이 있는 츠구미는 발그스름한 두 볼로 웃었다.

"하긴, 정말 그런 거 같아. 그런데 왜? 왜 그런 생각이 들었는데?"

"참 내, 늘 실속 없는 생각만 하고 있잖아. 마음은 약한 주제에 자존심은 세서, 그건 너하고 꼭 닮았지만, 너도 그렇게까지 약하지는 않잖아. 뭐랄까, 현실에 약할 것 같아, 너희 아버지."

일리 있는 말이라서 나는 화를 낼 수도 없었다.

"됐어. 그러니까 우리 엄마 같은 사람하고 잘 지내는 거지."

"그건 그렇다. 나처럼 내내 누워만 지내면서도 세상 쓴맛 단맛 다 겪은 사람보다는 훨씬 낫겠지. 뭐든 이불 속에서 알아버린 사람보다는. 야, 어째 말이 좀 이상해졌다. 아무튼, 복도에서 너희 아버지하고 마주쳤는데, '여어, 츠구미, 도쿄에서 뭐 사다 달라고 하고 싶은 것 있으면 뭐든 말하거라, 내 사다 줄 테니까.'라고 하면, 나 같은 사람도 웃으면서 반기게 된다니까."

츠구미는 나를 보면서 웃었다. 오후의 방에서, 책을 읽으려고 켜둔 불빛이 유독 하얗게 빛나고, 내내 나직한 멜로디가 흐르고 있었다. 테이프가 다 돌아갈 때까지 귀 기울이며 우리는 조용히 잡지를 읽었다. 고요한 방에, 책장 넘기는 소리가 팔락, 팔락, 한없었다.

츠구미.

떨어져서 생각하면 츠구미를 잘 알 수 있다.

속내를 드러내 보이지 않으려고 온갖 수단을 동원해서 치사하게 행동하는 츠구미가 보인다.(물론 타고난 성격도 있겠지만.) 그런데 마음만 내키면 누구든 만날 수 있고, 지구상의 어디든 갈 수 있는 내가, 좁디좁은 동네에서 움직이지 못하고 있을 츠구미에게 잊혀질 것만 같은 기분이다. 츠구미는 과거를 돌아보지 않기 때문이다. 츠구미에게는 늘 '내일' 밖에 없으니까.

어느 밤, 전화벨이 울려서 "여보세요."하고 받았더니, "나야." 하는 목소리, 츠구미였다.

느닷없이 고향의 빛과 그림자가 날아든 듯하여 눈앞이 아찔했다. 나는 큰 소리로 말했다.

"와, 잘 있니? 보고 싶다. 다들 잘 있어?"

"멍청한 건 여전하군, 마리아, 공부 잘하고 있어?"

츠구미는 웃었다. 막상 얘기를 시작하면 눈 깜짝할 사이에 거리가 좁아지고, 어디에나 있는 사촌지간으로 돌아간다.

"응, 그럼, 잘하고 있지."

"아버지는 바람 안 피우고? 두 번이 세 번 된다잖아."

"아니, 전혀."

"헉, 그래, 나중에 우리 엄마가 너희 엄마한테 정식으로 말할 테지만, 우리 여관, 내년 봄에 문 닫는대."

"뭐? 그럼 없어진단 말이야?"

놀란 나는 물었다.

"그래. 우리 아버지, 무슨 생각 하는 줄 알아, 펜션을 할 거래. 땅 많은 친구하고 동업한다나. 그게 꿈이었다니까. 웃기지. 메르헨 아니니. 그걸 요코한테 물려주려는 거야."

"츠구미, 너도 가니?"

"바다에서 죽든 산에서 죽든, 마찬가지 아니겠어."

츠구미는 정말 아무래도 상관없다는 듯이 말했다.

"그래, 아쉽다, 야마모토야 여관이 문을 닫는단 말이지."

충격을 받은 나는, 그렇게 말했다. 나는 그 사람들이 그 동네에서 변함없이, 영원히 살 것이라고 착각하고 있었던 것이다.

"아무튼 말이지, 너 어차피 여름 방학에는 한가할 거 아니야? 놀러 와. 우리 엄마가 객실에서 재워주고, 생선회도 먹여준다고 하니까."

"응, 갈게. 물론 갈게."

낡아빠진 8밀리 컬러 영화를 영사하는 것처럼, 눈동자 속에 마을의 경치와 야마모토야 여관 안 풍경이 바싹바싹 다가오는 듯한 기분이었다. 정든 그 조그만 방에서, 누워 뒹굴며 수화기를 들고 있을 츠구미의 가느다란 팔도 떠올랐다.

"그럼, 그렇게 약속한 거다. 기다리고 있을 테니까, 야, 우리 엄마가 너희 엄마하고 할 얘기가 있다고 올라왔어. 바꿔줄게."

서둘러 츠구미가 그렇게 말해,

"알았어, 바꿀게."

라고 말하고, 엄마를 불렀다.

이렇게 나는 야마모토야에서의 마지막 여름을 맞게 되었다.

이방인

어째서일까.

오래전부터 배가 항구로 다가갈 때면, 이방인 같은 기분이 살짝 들었다.

그 동네에 살면서, 잠시 배를 타고 멀리 갔다가 다시 배를 타고 돌아오는, 그런 때조차 그랬다. 어째서인가, 나는 밖에서 왔고, 또 언젠가는 항구에서 떠날 사람이라고 예감하고 있었다.

어차피 사람은 언제 어디에 있든 어느 정도는 외로운 이방인이라는 것을, 멀리 항구가 보일 때면 분명하게 알게 되기 때문이리라.

사방이 완연한 저녁이었다.

석양에 반짝반짝 빛나는 눈부신 파도와, 오렌지색 하늘 너머로 마치 아지랑이처럼 작고 뿌옇게 선착장이 보였다. 낡은 스피커에서 도착을 알리는 음악 소리가 들리고, 선장이 고향 마을의 이름을 얘기한다. 밖은 아직도 한창 더울 텐데, 배 안은 에어컨이 너무 세서 추울 정도였다.

신칸센에서 내려 쾌속선으로 갈아탈 때까지만 해도 들뜬 기분을 어쩔 수가 없었는데, 파도에 흔들리며 잠시 졸았더니, 차분하게 진정되었다. 잠에서 막 깬 나른한 기분에 등을 약간 펴고, 바닷물에 흐려진 선창으로 토막 난 필름처럼 다가오는, 저 멀리 정겨운 항구를 바라보았다.

기적이 울리고, 배는 커다랗게 호를 그리면서 제방 끝으로 돌아들었다. 다가오는 항구에 서 있는 간판, 웰컴이란 글자에 팔짱을 끼고 기대 있는 하얀 원피스 차림의 츠구미가 눈에 들어왔다.

배는 천천히 나아가다, 쿵 하고 멈췄다. 선원이 로프를 던지고, 사다리가 놓여졌다. 해 질 녘의 엷은 빛 속에서 승객들이 하나 둘 내린다. 나도 일어나 짐을 들고, 배에서 내리는 줄에 섰다.

한 걸음 내디디자, 바깥 공기가 후덥지근했다. 츠구미는 성큼성큼 다가와, 오랜만이라고도, 잘 있었냐고도

하지 않고, 부루퉁 찌푸린 얼굴로,

"왜 이렇게 늦은 거야?"

라고 말했다.

"참, 여전하구나."

라고 내가 말하자 츠구미는,

"말라비틀어질 뻔했단 말이야."

라고 또 웃지도 않고 말하고는 성큼성큼 앞서 걷기 시작했다. 나도 말없이 그냥 키득키득 웃었다. 너무도 츠구미다운 마중에 한없이 반갑고 우스웠던 것이다.

야마모토야가 아무 변함 없이 원래 자리에 그대로 있어, 보는 순간 묘한 기분이 들었다. 왠지 오래전 꿈속에서 본 오래된 집을 우연히 마주하게 된 듯한, 비현실적인 느낌이었다.

그런데 츠구미가,

"여어, 공짜 밥만 축내는 못난이가 왔어요."

하고 활짝 열려 있는 현관 앞에 대고 소리를 지르는 순간, 색이 입혀졌다.

뒤쪽에서는 포치가 왕왕거리고 짖고, 안에서는, 무슨 말을 그렇게 하니, 라고 웃으면서 마사코 이모가 걸어 나왔다. 요코 언니도 나와서, 마리아, 오랜만이다, 하고 생긋생긋 웃는다. 한꺼번에 되찾아, 가슴이 두근거렸다.

현관에 즐비한 비치 샌들의 숫자가 마지막 여름의 성황을 보여주고 있었다. 집의 냄새를 맡는 순간, 생활의 리듬이 되살아났다.

"이모, 뭐 좀 거들까요?"

라고 말한 내게,

"애는, 됐어. 안에서 요코 언니하고 차나 마시고 있어."

라며 웃고, 이모는 다시 북적북적 소리 나는 주방으로 뛰어갔다.

그렇다. 야마모토야의 시간으로 지금은 요코 언니가 아르바이트를 하러 가기 전 간단하게 요기를 하는 바로 그 즈음이다. 이모와 이모부는 손님들의 저녁 식사 때문에 제일 분주한 시간. 돌고 도는 하루하루, 늘 똑같이 흐르는 시간.

안에서 김밥을 먹으려던 요코 언니가, 내가 전에 쓰던 찻잔을 상 위에 꺼내 놓고 차를 따라주었다.

"녹차야."

라며 내밀고는 밝은 눈길로 생긋 웃는다.

"마리아, 너도 김밥 먹을래?"

"이런 맹추, 금방 상다리 휘어지게 저녁 먹을 텐데. 어떻게 밥이 들어가라고."

방구석 벽에 기대어 다리를 쭉 내뻗고 잡지를 뒤적거

리던 츠구미가 고개도 들지 않고 말했다.

"하긴 그렇구나. 마리아, 밤에 케이크 가져올 테니까 기다리고 있어, 응."

요코 언니가 말했다.

"거기서 계속 아르바이트하는 모양이네."

"응. 아 참, 케이크 종류 몇 가지 늘었어. 새로운 거 갖다줄게."

"와, 신난다."

나는 말했다. 열린 창, 방충망 너머로 해수욕을 하고 돌아오는 사람들이 몇 번이나 지나갔다. 웃음소리가 밝게 울린다. 동네 여관에서는 다들 저녁 식사 시간을 맞을 즈음, 온 동네에 활기가 넘친다. 아직 하늘은 밝고, 텔레비전에서는 저녁 뉴스가 흘러나온다. 바닷바람 냄새가 다다미를 스치고 지나간다. 복도에서는 분주한 발소리가 오가고, 목욕을 하고 나온 손님들이 왁자지껄 지나간다. 먼 바다에서는 갈매기 울음소리가 들리고, 창밖을 올려다보자 전선 사이로 가슴이 덜컥 내려앉을 정도로 빨간 하늘이 보였다. 모든 것이 너무도 여전한 저녁이었다.

영원히 계속되는 것은 없다, 는 것을 알고는 있었지만.

마리아가 왔다면서, 라는 말소리가 들리면서 발소리

가 다가오는가 싶더니, 이모부가 발 사이로 얼굴을 내밀고,

"그래, 잘 왔다. 천천히 쉬어."

라고 웃으며 말하고는 다시 가버렸다.

츠구미가 일어나서 냉장고로 타박타박 걸어가, 옛날 술가게에서 받은 미키 마우스 컵에 보리차를 따라 꿀꺽꿀꺽 마셨다. 그리고 빈 컵을 깨끗한 싱크대에 탁, 하고 내려놓고 말했다.

"저 얼굴에 펜션이라고. 정말 못 말리는 사람이라니까."

"아빠 꿈이었다잖아, 그게."

살짝 눈을 내리깔고, 요코 언니가 말했다.

지금 이렇게 분명하게 있는 것이, 내년 여름이면 흔적도 없다니. 실감이 날 리 없다. 이 자매 역시 마찬가지리라.

하루하루, 이렇다 할 만한 일은 없었다. 이 조그만 어촌에서, 자고 일어나고, 밥을 먹고 살았다. 때로는 상태가 나쁘기도 하고 좋기도 하고, 텔레비전도 보고 사랑도 하고, 학교에서 수업을 받고, 그리고 반드시 이 집으로 돌아왔다. 그 평범한 반복을 되새겨보면, 거기에는 늘 따스하고 보슬보슬하고 깨끗한 모래 같은 무언가가 남아 있다.

아스라한 그 온기를 온몸으로 느끼며, 여행의 노곤함에 조금은 졸린 나는 오랜만의 행복을 황홀하도록 만끽했다.

여름이 온다. 이제 여름이 시작된다.

반드시 한 번은 지나쳐야 하고, 그러나 두 번 다시 오지 않을 여름. 그런 것을 잘 알면서도 평소처럼 흘러가 버릴 시간은 여느 때보다 조금은 팽팽하고 서글프다. 그때 그 저녁, 방에 앉아 있는 우리들 모두는 그렇다는 것을 잘 알고 있었다. 마음 아프도록 잘 아는데, 그런데도 행복한 기분이었다.

저녁을 먹고서 짐을 풀고 있는데 포치가 웅웅 촐싹대는 소리가 들렸다. 내 방 작은 창문으로 몸을 내밀면 뒷마당이 보인다. 내려다보니, 어둠 속에서 츠구미가 포치의 목줄을 바꿔 끼고 있었다. 나의 기척을 느낀 츠구미가 올려다보면서,

"너도 산책하러 갈래?"

라고 말했다.

"응."

하고 대답하고 나는 아래로 내려갔다.

바깥 하늘은 아직 부옇게 밝은데, 가로등이 한결 밝게 빛났다. 츠구미는 여전히 포치에게 끌려가면서,

"오늘은 피곤하니까 모래사장 입구까지만 갈 거야."

라고 말했다.

"매일 밤 산책하러 나가니?"

나는 놀라 물었다. 츠구미가 그렇게 건강할 리 없기 때문이다.

"네가 이 녀석한테 산책하는 버릇을 들여놨으니까 그렇지. 네가 가버리고 나서, 이 녀석 아침 산책하던 시간만 되면 얼마나 울어댔는 줄 알아? 예민한 이 몸이 아침마다 그 소리에 잠이 깼다고. 그래서 아침을 저녁으로 타협해서, 언니하고 내가 데리고 나가고 있어."

"야, 너 대단하다."

"뭐 나도 포치한테 끌려다니면서 조금은 건강해진 것 같으니까. 바람직한 일이지."

라고 말하는 츠구미의 옆얼굴이 웃고 있었다.

츠구미는 살면서 언제나 몸 어딘가가 아팠지만, 자기 몸 어디가 어떻게 아픈지 절대 말하지 않는다. 행여 농담으로라도. 아무 말 않고 신경질을 부리거나, 밉살스럽게 앙탈을 부리고는 그 자리를 떠나 혼자 잠든다. 그리고 츠구미는 포기하지 않는다.

그런 태도가 당당하게 여겨지기도 하고, 때로는 짜증스럽기도 했다.

밤이 머지않은 거리는 후끈 덥고 파랗고, 하얀 모래

사장 여기저기서 아이들이 불꽃놀이를 하고 있었다. 자갈길을 걷고 다리를 건너 해변을 향했다. 똑바로 바다로 뻗어 있는 제방으로 올라가 포치를 풀어주었다. 포치는 해변 쪽으로 달려가고, 나와 츠구미는 제방에 걸터앉아 시원한 캔 주스를 마셨다.

바람이 상쾌했다. 저 멀리로 흐르는 엷은 회색 구름 사이로 마지막 남은 저녁 햇살이 언뜻언뜻 보이다가 바람에 휙휙 밀려간다.

포치는 보이지 않을 만큼 멀리까지 뛰어갔다가는 다시 걱정스럽다는 듯이 돌아와, 제방 블록 위에 앉아 있어 닿지도 않는 츠구미에게 멍멍 짖었다. 츠구미는 손을 뻗어 포치를 쓰다듬고 툭툭 두드려주었다.

"츠구미 너, 포치하고 완전히 화해했구나."

그 둘의 친밀감이 한층 진전한 것에 감동한 내가 말했다. 츠구미는 아무 대답도 하지 않았다. 잠자코 얌전히 있으면 그녀는 사촌 동생처럼 보였다. 그러나 잠시 후 츠구미는 마치 벌레라도 씹은 듯한 표정으로 툭 말을 뱉었다.

"무슨 소리야. 최악이야. 마치 정에 넘어가서 실수로 결혼한 플레이보이 같은 기분이라고."

"뭐가? 포치하고 화해한 게 그렇단 말이야?"

그럴 테지, 하고 생각하면서도 츠구미의 말을 조금

더 듣고 싶어서, 넌지시 그렇게 말해 보았다. 츠구미가 대답했다.

"뻔하지. 내가 개하고 사이가 좋아지다니, 소름이 끼친다. 객관적으로 보면 상당히 기분 나쁜 일이야."

"뭐야 너. 부끄러워하는 거니?"

나는 웃었다.

"농담하고 있네. 너, 나를 전혀 모르는구나. 몇 년을 같이 지냈는데, 머리 좀 써라."

히죽히죽 웃는 얼굴로 츠구미가 말했다.

"잘 알지. 좀 놀려본 거야."

나는 말했다.

"포치를 싫어하는 게 아니란 것도 잘 알고 있어."

"맞아, 좋아해. 포치, 아주 좋아해."

츠구미가 말했다.

저녁 어둠은 색색으로 겹쳐 있고, 모든 것이 꿈속처럼 짙게 번져 보였다. 블록의 울퉁불퉁한 그림자에 때로 파도가 철썩 춤을 췄다. 하늘에서는 마치 조그맣고 하얀 전구처럼 반짝반짝 밝은 샛별이 빛나고 있었다.

"하지만 못돼 먹은 사람에게도 나름의 철학은 있지. 그 철학을 위반하고 있어."

츠구미는 계속 말했다.

"개한테만 마음을 허락하는 못돼 먹은 사람이라, 너

무 단순하다."

"못돼 먹은 사람?"

나는 웃었다.

오랜만에 만나는 츠구미는, 나름대로 쌓인 얘기가 많은지 자기 속내를 조잘조잘 털어놓았다. 이런 화제는 츠구미와 나만의 것이었다. 도깨비 우편함 사건이 있은 후로, 츠구미를 이해하는 사람으로 살아온 내게는, 츠구미가 무슨 말을 하고 싶어하는지 금방 전해졌다. 설사 그것이 나 자신의 삶과는 무관한 것이라도.

"예를 들어서 말이야, 지구에 기근이 찾아온다고 해 봐."

"기근? ……너무 비약이 심한 거 아니니? 감이 안 온다."

"야 좀, 가만히 듣고 있을 수 없니. 그래서 먹을 것이 정말 하나도 없어졌을 때, 난 태연하게 포치를 잡아먹을 수 있는 그런 인간이 되고 싶어. 물론 나중에 훌쩍훌쩍 울고, 모두를 위해서 희생해 줘서 고맙다, 미안하다면서 무덤을 만들어주고, 뼛조각을 펜던트로 만들어 내내 걸고 다니는, 그렇게 어중간하게는 말고, 가능하면 후회도 양심의 가책도 없이, 정말 태연하게 '포치, 너 정말 맛있더라.'라고 웃으면서 말할 수 있는 인간이 되고 싶어. 뭐 어디까지나, 만약이지만."

가느다란 팔로 무릎을 껴안고 황홀한 표정으로 고개를 갸웃하고 있는 츠구미의 모습과, 그녀가 하는 말 사이의 간격이 너무 커서 나는 왠지 이 세상 사람이 아닌 무언가를 보고 있는 듯한 이상한 기분이 들었다.

"그건 못돼 먹은 사람이 아니라, 좀 이상한 사람 아니니?"

나는 말했다.

"그래, 정체를 알 수 없는 사람. 항상 환경에 잘 적응하지 못하고, 자기도 모르는 자기 자신을 막을 수가 없어서, 어디로 가고 있는지도 모르는데, 그래도 올바른 사람이면 좋겠다."

츠구미는 어두운 바다를 똑바로 쳐다보면서 가볍게 말했다.

나르시시즘, 도 아니다. 미학, 과도 약간 다르다. 츠구미의 마음속에는 반짝반짝 깨끗하게 닦인 거울이 있고, 츠구미는 거기에 비친 것이 아니면 믿지 않는다. 생각도 해보지 않는다.

그렇다, 그런 것이다.

그런데도 나나 포치나, 그리고 아마 주위에 있는 모두가 츠구미를 좋아했다. 츠구미에게 매료되어 있었다. 무슨 일을 당해도, 츠구미가 자기 기분대로 뭐라고 해도 말이다. 포치만 해도 언제 잡아먹힐지 모르는데도 그렇다. 츠구미의 마음이나 말보다, 훨씬 더 깊은 곳에 츠구미의 오리무중인 성격을 뒷받침하는 한 줄기 빛이 있었다. 슬플 정도로 강한 그 빛은 본인도 모르는 곳에서 영구 기관처럼 계속 빛을 발하고 있는 것이다.

"어두워지니까 춥다. 그만 갈까?"

라고 말하며 츠구미가 일어섰다.

"츠구미, 꼴불견이다. 팬티 다 보였어."

"팬티 정도 가지고, 까탈스럽게 굴지 좀 마라."

"하기야 츠구미는 까탈스럽게 안 굴지."

"그럼, 됐지 뭐."

츠구미는 웃으면서 큰 소리로 포치를 불렀다. 포치는 긴 제방을 똑바로 달려와, 나와 츠구미에게 이것저것 보고하듯 왕왕 짖으며 달려들었다.

"어, 그래그래."

라고 츠구미가 말했다.

걷기 시작한 우리를 앞서거니 뒤서거니 하던 포치가 갑자기 뭔가를 알아차렸다는 듯이 고개를 들고, 앞으로 타다다닥 달려갔다. 뭐지, 했더니 제방 반대쪽으로 뛰어내려간 포치가 어마어마하게 짖어대는 소리가 들렸다.

"무슨 일이지?"

하고 달려가 보니, 반대쪽 조그만 해안 공원 소나무 숲에 서 있는 하얀 동상 아래서, 포치가 묶여 있는 포메라니안에게 장난을 치고 있었다. 처음에 포치는 장난을 치려고 꼬리를 흔들었는데, 덩치 큰 포치가 달려들자 상대는 필사적이었다. 깽깽 짖으면서 포치를 깨물었다. 포치는 컹 하고 펄쩍 뛰어 뒤로 물러났다가 약이 올랐는지, 순식간에 투견이 되고 말았다.

"말려야겠다."

라고 말하는 나의 목소리와,

"해치워."

라고 말한 츠구미의 목소리가 겹쳤다. 둘의 성격의 차이를 알게 해주는 순간이었다.

할 수 없이 나 혼자 달려가 포치를 억지로 꽉 껴안았다. 그러자 그 조그만 녀석이 내 발을 물었다.

"야, 아파, 왜 그래."

라고 내가 소리치자, 츠구미는,

"좋았어, 세 마리가 어디 붙어봐!"

하고 말했다. 돌아보니 츠구미는 정말 신나는 볼거리라는 양 웃고 있었다.

그때였다.

"어이, 겐고로, 그만 해."

라며 젊은 남자가 걸어왔다.

이것이 우리의 행복한 마지막 여름을 같이할 또 한 명의 친구, 쿄이치와의 첫 만남이었다. 아직은 옅은 밤의 시작, 여름의 시작, 그림처럼 파란 달이 떠오르는 해변에서의 일이었다.

그는 정말 불가사의한 인상을 주는 인물이었다. 나이는 우리하고 비슷할 것 같았다. 훌쩍 큰 키에 호리호리한 몸집, 단단한 어깨와 목에서 냉철함과 강건함이 풍겼다. 짧은 머리, 성깔 있어 보이는 눈썹, 언뜻 보기에는 입고 있는 하얀 폴로셔츠가 잘 어울리는 상큼한 청년인데, 눈빛은 약간 달랐다. 그의 눈빛은 유난히 깊고, 어떤 중대한 것을 알고 있는 듯해 보였다. 눈빛만 노숙하다, 고 표현하면 비슷할까.

그는, 다시 시작된 포치와 겐고로의 으르렁거림 속에 앉아 있는 우리에게 성큼성큼 걸어오더니, 야단을 떨고 있는 겐고로를 반짝 안아 올리면서,

"어디 다친 데는 없습니까?"

라고 꼿꼿하게 등을 펴고 말했다. 나는 힘주어 포치를 누르고 있던 손을 간신히 떼고 일어나,

"아아, 괜찮아요."라고 말했다.

"우리 개가 먼저 시비를 걸었어요. 미안합니다."

"아닙니다. 이 녀석, 다혈질인 데다 겁이 없어서요."

그는 그렇게 말하고 웃었다. 그리고 츠구미를 보면서,

"그쪽은 괜찮습니까?"

라고 물었다.

츠구미는 순간적으로 인격의 채널을 바꿔,

"네."

하며 미소 지었다.

"그럼."

이라 말하고, 그는 겐고로를 안은 채 모래사장 쪽으로 걸어갔다.

이제 완전히 밤이었다. 잠깐 사이에 밤이 성큼 와버린 느낌이었다. 포치는 나와 츠구미를 올려다보면서 불만을 호소하듯 코를 킁킁거렸다.

"그만 갈까."

츠구미가 말하고, 우리는 담담하게 걷기 시작했다.

밤길 여기저기에, 여름의 그림자가 숨죽이고 있었다. 밤을 장식하는 활기차고 감미롭고 가슴 설레는 기운이, 바람 냄새 하나에도 넘쳐흐를 듯했다. 지나가는 사람들 모두 경쾌하고, 시끌벅적하고, 즐거워 보인다.

"집에 가면, 요코 언니가 케이크 가지고 와 있을 거야."

방금 전의 일을 까맣게 잊은 내가 말했다.

"너희들 마음대로 해. 내가 그 집의 맛없는 케이크를 어떻게 생각하는지는 잘 알지?"

츠구미가 말했다. 마음이 어디 다른 곳에 가 있는 것 같아 나는 농담 삼아,

"너, 아까 그 남자한테 눈독 들이고 있는 거지?"

라고 말했다. 그러나 츠구미는 동요하지 않고, 조그만 목소리로 말했다.

"그 녀석, 보통내기가 아니었어."

그것은 예감이었을까.

"어디가?"

딱히 별 느낌이 없었던 나는 몇 번이나 물어보았지만, 츠구미는 아무 대답도 하지 않고 포치와 함께 밤길을 묵묵히 걸을 뿐이었다.

밤

가끔, 신기한 밤이 있다.

공간이 약간 어긋난 듯하고, 모든 것이 한꺼번에 보이는 그런 밤이다. 잠은 오지 않고, 밤새 재깍거리는 괘종시계의 울림과 천장으로 새어드는 달빛은, 내 어린 시절과 마찬가지로 어둠을 지배한다. 밤은 영원하다. 그리고 옛날에는 밤이 훨씬 더 길었던 것 같다. 무슨 희미한 냄새가 난다. 그것은 아마도, 너무 희미해서 감미로운 이별의 냄새이리라.

이런 밤에 관한 잊지 못할 추억이 있다.

초등학교 고학년 때, 나와 츠구미와 요코 언니는 열병에 걸린 것처럼 어느 텔레비전 프로그램에 심취했었다. 주인공이 친여동생을 찾아 모험을 떠나는 내용으로, 평소 그런 '어린애 같은 장난'에 넘어가지 않는 츠구미조차 한통속이 되어 매회 거르지 않고 보았다. 이상한 일이다. 프로그램에 대한 인상은 엷고 희미해서, 가슴 두근거렸던 흔적밖에 기억나지 않는다. 텔레비전을 보았던 방의 밝기, 그때 마셨던 칼피스의 맛, 선풍기가 뿜어내는 뜨뜻미지근한 바람만 생생하게 되살아난다. 매주, 그렇게 기다리며 즐거워했는데, 어느 밤, 마지막 회를 끝으로 끝나고 말았다.

저녁을 먹는 동안, 다들 말이 없었다. 마사코 이모가 웃으면서,

"너희들이 좋아하는 프로그램, 오늘 끝났지?"

라고 말하자, 늘 반항기인 츠구미가,

"쓸데없는 소리 하지 마."

라고 말했다. 맥이 쫙 풀려 있었던 나와 요코 언니는 반항기도 아닌데 그때만큼은 츠구미 편에 서고 싶은 마음이었다. 그만큼 열중했다는 뜻이리라.

한밤, 혼자 잠자리에 든 나는 어린 마음에도 뭔가와 정말 헤어진 듯한 애절한 기분이었다. 혼자서 천장을 쳐다보다가, 가칠가칠한 시트의 감촉 안에서 느낀 그 기분은 헤어짐의 전조였다. 훗날 알게 되는 묵직한 헤어짐에 비하면 그것은 가볍고 빛나는 헤어짐의 싹이었다. 잠이 오지 않는 나는 별생각 없이 복도로 나갔다.

어둡고 고요한 복도에, 지금처럼 거대한 소리로 괘종시계가 재깍재깍 울리고 있었다. 하얀 장지문이 어둠 속에 희미하게 떠올라, 나는 나 자신이 아주 작게 느껴졌다. 한참이나, 모든 것을 잊고 몰두했던 그 프로그램의 장면을 떠올리고 있었다. 너무도 고요한 밤에, 방으로 돌아갈 수 없는 나는 맨발로 쿵쿵 계단을 내려갔다. 그리고 바깥 공기를 마시려고 마당으로 나갔다. 마당은 달빛으로 가득하고, 나무들은 또렷한 그림자를 드리우고 숨죽인 채 서 있었다.

"마리아."

요코 언니가 불쑥 말했다. 어째서일까, 조금도 놀라지 않았다. 잠옷 차림의 요코 언니가 마당에 서 있었다. 뽀얀 달빛 아래서, 요코 언니가 소곤소곤 말했다.

"너도 잠이 안 오니?"

"응."

나도 목소리를 죽여 대답했다.

"나하고 같구나."

요코 언니가 말했다. 땋아 내린 긴 머리, 몸을 앞으로 구부리고 나팔꽃 덩굴을 만지작거리고 있었다.

"잠시 산책할까?"

내가 말했다.

"들키면 혼나려나. 언니, 몰래 나왔어?"

"응, 하지만 괜찮아."

나무문을, 끼익, 열자, 순간 어둠 속에서 바다 냄새가 짙어진 듯한 기분이 들었다.

"이제야 겨우, 큰 소리로 얘기할 수 있게 됐네."

"그래, 기분 좋은 밤이다."

잠옷에, 유카타(목욕한 다음이나 여름철에 입는 무명 홑옷—옮긴이)에, 맨발에 샌들을 신은 나는 바다 쪽으로 걸었다. 달이 아주 높았다. 고개로 오르는 길을 따라, 지쳐 잠든 것처럼 어선이 몇 척이나 줄지어 있었다. 여느 때의 마을이 아니었다. 우리는 일상과 한없이 멀어진 듯한 느낌이었다. 요코 언니가 불쑥 말했다.

"아, 친동생을 만났네."

프로그램 놀이가 계속되는 줄 알고 웃던 나도, 츠구미를 발견했다. 바다로 가는 길 언저리에서, 홀로 웅크리고 바다를 보고 있었다.

"너희들이었구나."

라고, 츠구미는 그녀답지 않은 나직한 목소리로, 당연하다는 듯 말했다. 마치 약속이라도 한 것 같았다. 그리고 어둠을 등지고 쓱 일어났다.

"츠구미, 너 맨발이잖아?"

요코 언니는 양말을 휙 벗어 츠구미에게 건넸다. 츠구미는, 이렇게 하는 건가, 라면서 양말을 손에 꼈지만 우리가 못 본 척하자, 유난히 가는 발에 신고는 걷기 시작했다.

달빛 아래서.

"항구 한 바퀴 돌고 들어가자."

라고 요코 언니가 말했다.

"그러자, 그리고 콜라나 사 마시고, 돌아가자."

"너희들은 그렇게 하든지."

"왜? 츠구미는 어쩔 건데?"

나는 말했다. 츠구미는 나를 보지도 않고 분명하게 말했다.

"난 걸을 거야."

"어디까지?"

"옆 항구까지, 산 너머 너머."

"위험하지 않을까"

요코 언니가 말했다.

"하지만, 한번 그래 보고 싶다."

사람 하나 없는 산길은 마치 동굴처럼 어두웠다. 높은 벼랑 때문에 달빛마저 가려 발치가 제대로 보이지 않았다. 그 어둠 속에서, 나와 요코 언니는 손을 잡고, 더듬더듬 걸었다. 츠구미는 우리와 나란히, 그러나 혼자서 성큼성큼 걸었다. 그 걸음이 너무도 단호해서, 도무지 겁나는 어둠 속을 걷고 있는 사람처럼 보이지 않앴던 기억이 난다.

프로그램이 끝난 게 아쉬워서 산책을 나와서는, 우리는 언제 그랬냐는 듯 나뭇잎이 바람에 사각사각 흔들리는 깊은 밤의 고갯길을 두근거리는 가슴으로 걸어갔다. 내리막길을 계속 내려가자, 한밤의 어촌이 나타나고 마침내 항구가 보였다.

그 돌투성이 해변에 문 닫은 집들이 유령처럼 뿌옇게 늘어서 있었다. 먼 바다에서는 파도 소리와 함께 깃발이 넘실넘실 흔들리고 있었다. 싸늘한 바람이 뜨거운 볼을 식혀주었다. 셋이서, 콜라를 샀다. 한밤의 자동판매기에서 나는 소리가, 캄캄한 바다를 놀라게 한 듯했다. 눈앞에서 어두운 바다가 출렁거렸다. 그리고 우리 마을의 불빛이, 저 멀리서 희미하게, 아지랑이처럼 빛났다.

"왠지 여기, 이 세상 같지 않다."

라고 츠구미가 말했다. 우리는, 응, 응, 하고 고개를 끄덕였다.

그러고는 산길을 터벅터벅 걸어 돌아왔다. 녹초가 되어 야마모토야로 돌아온 우리는 "잘 자."라고 말하고는 각자의 방으로 흩어져, 그야말로 죽은 것처럼 잤다.

힘들었던 것은 그 다음 날이었다. 너무 피곤한 나와 요코 언니는 아침밥을 먹으면서도 말을 할 수가 없었다. 졸린 눈을 비비면서 우물우물 대충 아침을 먹었다. 서로 괜스레 기운찼던 어젯밤과는 전혀 다른 사람 같았다. 츠구미는 일어나지도 않았다.

나는 알고 있다.

츠구미가 그 밤, 해변에서 주워다가 책꽂이 한구석에 놓아둔 하얀 돌멩이는 지금도 그 자리에 있다. 츠구미가 그 밤, 어떤 기분이었는지는 알 수 없다. 그 돌멩이에 어떤 마음을 담았는지도, 모른다. 어쩌면 시시한 것일지도 모른다. 하지만 나는, 모든 점에서, 츠구미가 살아 있는 인간이라는 것을 잊을 뻔할 때마다 그 돌멩이와, 그 밤, 맨발로 밖으로 나가 걷지 않을 수 없었던 어린 츠구미를 떠올리면서, 나도 모르게 서글퍼지기도 하고, 냉정해지기도 한다.

어째서인가, 그때 일을 생각하고 있었다. 문득 시계를 보자, 2시가 가까웠다. 잠들지 못하는 밤에 하는 생각은, 조금 이상하다. 사고는 어둠 속을 헤매면서 거품 같은 결론을 방울방울 떠올린다. 나는 그 밤부터 나도 모르게 문득문득 이런 생각을 했다. 내가 성장해서 이미 이 동네를 떠났으며, 도쿄에 있는 대학에 다니고 있다고. 굉장히 이상했다. 어둠으로 내민 내 손이 이물질처럼 느껴졌다.

그때, 쫘당 장지문이 열리면서,

"야, 일어나."

츠구미였다. 깜짝 놀란 나의 가슴은 두근두근, 좀처럼 가라앉지 않았다. 한참이 지나서야 겨우, 나는 말했다.

"뭐야?"

츠구미는 방 안으로 저벅저벅 들어와, 내 머리맡에서 몸을 구부렸다.

"잠이 안 와."

츠구미 옆방에 머물면서, 지금까지 이런 일이 없었던 게 그나마 다행이었으리라. 나는 움찔움찔 일어나,

"그게 나 때문이니?"

라고 짜증스럽게 말했다.

"그런 소리 말고, 이것도 무슨 인연이라 생각하고 같이 놀자."

츠구미는 웃었다. 츠구미가 사람에게 굽히고 드는 것은 이런 때뿐이다. 자고 있는데 두드려 깨우지를 않나, 손발을 밟지를 않나, 들고 다니기 싫다고(무겁다는 이유만으로) 체육 시간에 멋대로 내 책상에서 사전을 꺼내가지를 않나, 그런 일들이 한꺼번에 떠올랐다. 그 묘한 기분까지 되살아나 깜짝 놀랐다. 그렇다, 까맣게 잊고 있었다. 츠구미와의 관계가 재미있는 것만은 아니라는 것을.

"난, 자고 싶단 말이야."

나는 말했다. 옛날처럼 슬쩍 저항해 보고 싶었다. 그러나 이런 때의 츠구미는 남의 말을 전혀 듣지 않는다.

"야, 오늘, 비슷하지 않냐?"

달뜬 눈동자로 츠구미가 말했다.

"뭐가?"

"그때, 우리 셋이서 바보처럼 옆 동네까지 갔던 때 말이야. 이맘때쯤이었잖아. 계절도 그렇고, 왠지 잠이 안 온다. 언니는 쿨쿨 자고 있는 모양이지만, 그 인간 감성이 둔하니까."

"나도 자려던 참이었다고."

"옆에 사는 게 잘못이지."

"아이 참."

하고 한숨을 쉬면서도 나는 꽤 기분이 괜찮았다. 이상했다. 마치 텔레파시처럼 밤을 건너, 나와 츠구미가 같은 생각을 하고 있었으니. 밤은 때로 이런 잔재주를 피운다. 공기가 천천히 어둠을 전하고, 다른 곳에서 이어진 마음이 손바닥에 별처럼 톡 떨어져, 사람을 깨운다. 이튿날 아침이면, 있었다는 것조차 희미해지고, 빛에 뒤섞여 버린다. 그리고 그런 밤은 길다. 한없이 길고, 보석처럼 빛난다.

"그럼, 산책이라도 갈래?"

나는 말했다.

"……그러기는 좀 귀찮고."

츠구미가 말했다.

"그럼, 어쩌자고?"

"그런 생각까지 시시콜콜 하고 와야 되니?"

"생각하고 깨우란 말이야."

"……어쩌지, 우리, 네 방 냉장고에서 마실 것 꺼내서, 옥상에 가자. 오늘은 그 정도로 참아주지."

츠구미가 말했다. 나는 일어나 냉장고로 걸어갔다. 객실이라서 음료수가 잔뜩 들어 있다. 나는 맥주를 꺼내고, 츠구미에게는 오렌지 주스를 던졌다. 츠구미는 알코올은 입에 대지도 못한다. 마셨다가는 사정없이 토하니까 아무도 그녀에게 술을 주지 않았다.

우리는 옛날처럼 살금살금 복도를 걸어, 문을 살짝 열고 옥상으로 올라갔다. 낮에는 마치 세제 광고처럼 즐비하게 널린 수건이 팔락거리는 이곳도, 밤에는 휑하니 막대기만 서 있을 뿐이었다. 그 굵직한 바지랑대 사이로 별이 보였다. 짙은 산 그림자가 바로 눈앞에 있는 것처럼 보였다.

나는 맥주를 마셨다. 시원해서, 가슴속까지 스며드는 것 같았다. 밤으로 녹아드는 듯한 시원함이었다.

츠구미도 주스를 마시면서,

"야, 밤에 밖에서 뭘 마시면, 왜 이렇게 맛있지?"

라고 중얼거리듯 말했다.

"너, 그런 걸 아주 소중하게 여기는가 보다."라고 내가 말하자,

"전혀."

라고 이유도 묻지 않고 츠구미가 말했다.

나도 정서의 문제라고는 생각하지 않았다. 그것은 감수성의 문제다. 잠시 생각하듯 침묵한 후에, 츠구미가 말했다.

"난, 마지막 한 잎을 신경질적으로 뜯어버리는 인간이지만, 그 아름다움은 알고 있어. 뭐 그런 거 아니니?"

나는 조금은 놀라웠다.

"츠구미 너, 요즘 들어 너무 사람답게 얘기하는 거 아니니?"

"죽을 때가 다 됐나."

츠구미는 웃었다.

아니다. 밤 때문이다.

그렇게 공기가 맑은 밤이면, 사람은 자기 속내를 얘기하고 만다. 자기도 모르게 마음을 열고, 곁에 있는 사람에게, 멀리서 빛나는 별에게 말을 걸듯. 내 머릿속 '여름밤' 폴더에는 이런 밤에 대한 파일이 몇 개나 저장돼 있다. 어렸을 적, 셋이서 하염없이 걸었던 밤과 비슷한 자리에, 오늘 밤 역시 저장될 것이다. 살아 있

는 한 언젠가 또 이런 밤을 느끼게 될 것이라 생각하
자, 미래에 희망을 품을 수 있을 것 같았다. 이렇게 아
름다운 밤. 투명한 산의 기운과 바다의 기척이 온 동네
를 유유히 떠다니고 있는, 그렇게 아름다운 바람 냄새.
두 번 다시 없을지도 모르지만, 어쩌면 어느 여름엔가,
오늘 밤 같은 밤과 해후할지도 모른다고 생각하자, 기
분이 최고였다.

주스를 다 마신 츠구미가 벌떡, 소리 내며 일어나 길
이 내려다보이는 난간으로 걸어갔다.

"아무도 없네."

라고 츠구미가 말했다.

"저기 저 건물은 뭐니?"

나는 말했다. 산기슭에, 꼭대기에 앙상한 철골이 드
러난 커다란 건물이 보여 궁금해졌다. 그 건물은 어둠
에 잠들어 있는 동네에서 유난히 눈에 띄었다.

"저기? 어, 호텔이야."

츠구미가 나를 돌아보며 말했다.

"저렇게 큰 호텔이 새로 생긴단 말이야?"

"응, 우리 여관 그만두는 거, 아마 저것 탓도 있겠
지. 집이야 어떻게 되든 상관없지만, 역시 먹고사는 게
걸린 문제잖아. 아빠도 하고 싶은 일을 할 수 있게 되
었으니까 잘된 거지 뭐. 펜션이 경영 부진에 빠져서 우

리 네 식구가 백골이 되면 서글프기야 하겠지만 말이
야. 산속에서, 가족이 동반 자살을 한다든가 해서……."

"걱정 마. 내가 해마다 갈 거야. 그리고 언젠가 결혼
하게 되면, 식도 거기서 올릴 거고."

"꿈같은 소리 하고 있네. 그럴 틈 있으면 여대생들
좀 데리고 와봐. 여기서는 구경도 할 수 없으니까."

"요코 언니가 있잖아."

"좀 더 생기발랄한 애들. 나는 텔레비전에서 본 게
다잖아. 가까이서 관찰하면서, 요모조모 헐뜯고 싶단
말이야."

발로 샌들을 탁탁 치면서 츠구미는 말했다. 병원에
다닐 때 말고는, 이 동네를 거의 벗어나지 못하고 자란
츠구미의 절실한 일면이었다.

"도쿄에 놀러 와."

나는 일어나, 츠구미 옆에 가서 아래를 내려다보면서
말했다. 어둠에 갇힌 좁은 골목길이 보였다.

"음. ……알프스 소녀 하이디의, 그, 다리 저는 친구
가 된 기분이다."

츠구미가 키득키득 웃었다.

"오늘은 고전 명작에 얽힌 화제가 많네."

라면서 나도 웃었다. 그때, 여관 바로 앞길에서 눈에
익은 강아지 한 마리가 타박타박 걸어가는 것이 보였

다. 나는 외쳤다.

"아, 저 강아지, 겐노스케…… 아니지, 지난번 그."

츠구미는 몸을 내밀면서 말했다.

"겐고로다."

그리고 밤길에 울려퍼지는 큰 소리로,

"겐고로!"

하고 외쳤다. 멀리서 잠이 깬 포치가 쇠사슬을 차르륵차르륵 끄는 소리가 났다. 그렇게 사방을 아랑곳하지 않는 츠구미를 오랜만에 본 나는 놀랐다.

그 조그만 겐고로에게, 내 감정이 전해진 것일까.

겐고로는 밤길을 타박타박 돌아왔다. 그리고 어디서 날 부르는 거지, 하는 표정으로 주위를 두리번두리번 살폈다. 우스워서 내가 웃으며 겐고로, 하고 부르자 이번에는 이쪽이 보였는지, 우리를 올려다보며 캥캥 짖었다.

"누구야?"

겐고로가 한 말인 줄 알았다. 불쑥 가로등 불빛 아래로, 지난번 그가 스포트라이트 속으로 등장하듯 나타났다. 검은 티셔츠를 입고, 지난번보다 햇볕에 많이 그을어서 가무잡잡한 모습이 어둠에 섞여 있었다.

"아아, 너희들이었니?"

"츠구미, 잘됐네. 또 만났잖아."

내가 작은 소리로 말하자,

"응, 알고 있어."

라고 말하고는, 아래에다 대고 큰 소리로,

"너, 이름이 뭐니?"

라고 물었다. 그는 겐고로를 반짝 들어 안고, 우리를 올려다보며 말했다.

"나는 쿄이치. 너희들은?"

"나는 츠구미. 그리고 얘는 마리아. 너, 어느 집 사는데?"

"우리 집, 아직 이 동네에 없어, 저기."

라고 산 쪽을 가리키면서,

"저기, 새로 생기는 호텔이 우리 집이야."

"뭐? 여종업원 아들이야 너?"

츠구미는 웃었다. 너무도 상큼한 웃음이라, 어둠이 쑥스러워할 것만 같았다.

"아니. 주인 아들이야. 우리 아버지가 이 동네를 좋아해서, 여기서 산대. 나는 M시에 있는 대학에 다니니까, 나도 여기 살면서 통학할 거야."

밤은 순식간에 사람들을 친근하게 만든다. 그는 격의 없이 웃었다.

"매일 밤, 그렇게 산책하니?"

나는 말했다.

"아니, 오늘은 잠이 잘 안 와서. 자고 있는 녀석을 억지로 깨워서 데리고 나왔어."

그는 웃었다.

우리 모두는, 친구가 될 것만 같은 신나는 직감에 충만해 있었다. 그런 사람들끼리는, 금방 아는 법이다. 조금만 얘기를 나누다 보면, 금방 모두가 똑같이 확신을 갖는다. 그것이 바로 오래 지속될 수 있는 친구와의 만남이다.

"야, 너 쿄이치."

츠구미는 눈동자가 튀어나올 것처럼 눈을 크게 뜨고 말했다.

"너, 만나고 싶었어. 다시 만날 수 있니?"

나는 소스라치게 놀랐는데, 상대는 더 놀란 듯 잠시 말이 없다가,

"……응. 나 여름 내내 여기 있을 거야. 겐고로 데리고 늘 어슬렁거리고 있으니까. 그리고 나카하마야란 여관에서 묵고 있어. 어딘지 아니?"

"알아."

"언제든 놀러 와, 성은 다케우치야."

"알았어."

츠구미는 고개를 끄덕였다.

"그럼, 안녕."

"잘 가라."

츠구미의 긴장 덕분에 어둠까지 팽팽해졌지만, 그가 밤길을 걸어 사라지자 이내 풀어졌다. 묘한 만남이었다. 저쪽에서 불쑥 나타나, 또 휑하니 사라져버렸다.

"츠구미 너, 그 사람 정말 마음에 들었나 보다."

점점 깊이와 농도를 더해 가는 밤 속에서, 나는 웃었다.

"지금은."

츠구미는 한숨을 쉬며 말했다.

"너 이상했어. 알고 있었어?"

"뭐가?"

"츠구미, 너 그 사람한테, 평소하고 똑같은 말투로 얘기했잖아."

나는 벌써부터 알고 있었는데, 잠자코 있었던 것이다. 츠구미는 남자 앞에서는 평범한 여자 아이로 돌아가는데, 아까는, 평소와 전혀 다름없는 천방지축 츠구미라, 나는 가슴이 두근거릴 정도로 재밌었다.

"앗!"

하고 츠구미가 말했다.

"왜?"

"전혀, 몰랐는데. 깜박하고 있었네. 큰일 났다. 말괄량이인 줄 알겠다, 아아."

츠구미가 말했다.

"……그런대로 재밌잖아."

나는 말했다. 밤바람이 불어와 츠구미가 눈을 찌푸린 채 앞을 노려보면서 말했다.

"할 수 없지 뭐. 밤이어서 그랬나 보다."

고백

그날은 아침부터 비가 내렸다. 여름비에서는 바다 냄새가 난다.

따분한 나는 방에서 내내 책을 읽고 있었다.

며칠 전 밤에 밖에 나간 것이 잘못이었는지 츠구미는 며칠 동안이나 두통과 열 때문에 누워 있다. 아까, 점심밥을 들고 가보니, 츠구미는 이불 속에서 웅크리고 신음하고 있었다. 그런 광경에는 익숙해서, 반갑기까지 한 나는,

"여기다 밥 두고 간다!"

하고 소리를 지르면서 머리맡에다 쟁반을 내려놓고 나오려다가 뜬금없이,

"츠구미 너, 사랑병 앓고 있는 거 아니니?"

하고 말했더니, 그녀는 아무 대꾸 없이 팔만 이불 밖으로 내밀어 플라스틱 물병을 내게 던졌다.

뭐가 어떻게 변하든 그런 부분은 아직 건재하고 있는 것이다.

물병은 장지문 옆 기둥에 탁 부딪혀 다다미 위로 굴렀다. 덕분에 내 방으로 돌아와 다다미 위에 머리칼을 펼치자 아직도 반짝반짝 젖어 있었다.

창밖 멀리서, 바다가 짙은 회색으로 일렁이며 겁이 날 정도로 거칠게 용트림한다. 하늘도 바다도 모두 뿌연 모노톤 필터 저편에 있다. 이런 날은 포치도 눅눅한 흙냄새 속에서 개집에 얌전히 앉아 비를 바라보리라. 아래층에서는 아까부터, 해수욕을 즐길 수 없는 손님들의 투당탕탕 오가는 발소리, 목소리가 울리고 있다. 늘 이랬다. 비가 오면 모두들 여관이란 이 큰 집 안에서 시간이 남아돌아 어쩔 줄을 모른다. 로비에 있는 큼지막한 텔레비전과, 낡은 게임기 앞에는 사람들이 잔뜩 모여 있으리라.

나른한 생각 사이사이로, 유난히 책이 잘 읽힌다. 유리창 위를 유성처럼 흐르는 빗방울이 내 머릿속 화면 위로 몇 번이나 스쳐 지나갔다.

그러다가 문득,

'만약 츠구미가 이대로 상태가 나빠져서 죽어버리

면…….'

하고 생각했다. 그것은 아주 어렸을 때부터, 츠구미의 몸이 지금보다 훨씬 약했을 때부터 내 마음속에 도사리고 있는 실감이었다. 그리고 그것은 언제나, 갑작스럽게 찾아왔다. 이렇게 비 내리는 날에는 과거와 미래가 공기에 소리 없이 녹아들어, 떠오르는 것이다.

순간 눈물이 한 방울, 책 위로 떨어진다. 그리고 나도 모르게 넘쳐흐르는 눈물.

퍼뜩 귀에, 비가 토독토독 처마를 적시는 소리가 들리고, 나는 '대체 뭐지, 지금 이 눈물은' 하는 기분으로 눈물을 닦는다. 그러고는 금방 잊어버리고 책을 다시 읽는다.

오후 3시가 되자 읽을거리가 거의 떨어졌다. 츠구미는 내내 누워만 있고, 요코 언니는 외출해 버렸고, 텔레비전도 별 재미 없고, 따분하기 짝이 없는 나는 책방에 가보기로 했다. 방을 나올 때 문소리를 들었는지, 츠구미가 닫힌 문 안에서,

"어디 가는 거야?"

하고 말했다.

"책방에, 뭐 필요한 거 있어?"

라고 내가 말하자,

"사과 주스 좀 사와, 천연 과즙 100퍼센트짜리로."

라고 츠구미는 가칠한 목소리로 대답했다. 열이 꽤 높은 모양이다.

"알았어."

"그리고, 멜론하고 생선 초밥하고, 또……."

라고 주절거리는 소리가 따라왔지만, 무시하고 계단을 내려갔다.

바닷가 마을에 내리는 비는 유난히 차분하게 느껴진다. 바다가 소리를 빨아들이는 것일까. 도쿄에서는 비가 유독 좍좍 소리 내어 내리는 듯하여 놀라웠다.

바다를 따라 난 길을 걷고 있자니, 새카맣게 물든 모래사장이 무덤처럼 적막하여 이상한 느낌이 들었다. 바다에 내리는 비는 그야말로 수천 개의 파문을 그리며 술렁이는 파도에 부서졌다.

동네에서 제일 큰 책방은 오늘따라 몹시 붐볐다. 그럴 만도 하다. 이런 날에는 온 동네 관광객들이 책방으로 찾아든다. 책방 안을 죽 훑어보았지만, 아니나 다를까 내가 찾는 잡지류는 다 팔리고 없었다.

할 수 없이 먼지 낀 문고들이 진열돼 있는 책꽂이를 보고 있는데, 아니 이런, 쿄이치가 제일 구석 책꽂이 앞에 서서 열심히 책을 읽고 있었다. 나는 다가가,

"오늘은 강아지 안 데리고 나왔네?"

라고 말을 걸었다.

"여어."

하며 웃고는, "비가 와서, 혼자 나왔어."라고 그는 말했다.

"이 동네에 사는 것도 아닌데, 어떻게 키워?"

"여관에 양해를 구하고, 뒷마당에 묶어서 키워. 오래 있어서 사이가 엄청 좋아졌거든. 한가할 때는 이불 까는 것도 거드는데, 내가 누군지는 알릴 수 없으니까, 어째 스파이가 된 것처럼 묘한 기분이야."

"그렇겠다."

나는 고개를 끄덕였다. 그는 앞으로 산기슭에 설 거대한 호텔 주인의 아들이고, 이 동네에서 여관을 경영하는 사람들은 모두 그 일로 많든 적든 골머리를 썩고 있으니까. 생각해 보면, 이 여름은 그에게도 역시 서글 플지 모르겠다.

"오늘은, 츠구미하고 같이 안 왔어?"

라고 쿄이치가 물었다.

아마도, 훗날 돌아보니까 이런 느낌인 듯했다고 생각하는 것이리라. 나는 그가 '츠구미'란 이름을 정확하고 또렷하게 발음했을 때, 츠구미의 사랑의 미래가 밝을지도 모르겠다는 예감에, 순간 가슴이 벅찼다. 책방 처마

끝에 잇대어 놓은 비닐 시트에서 투명한 빗방울이 똑똑 떨어지는 것을 보면서, 나는 말했다.

"츠구미, 아파서 누워 있어. 그 애, 겉보기는 그래도 몸이 굉장히 약하거든. ……시간 있으면, 가서 만나봐. 츠구미, 좋아할 거야."

"아픈데. 괜히 신경 쓰게 하는 것이 아니라면 가보고 싶은데. 어째 유난히 하얗고 야위었다 했지. ……그래도 굉장히 재밌는 애였어."

뭐라 제대로 표현할 수 없다. 그러나 그때, 온 동네를 천천히 감싸 안은 투명한 빗소리 속에서, 츠구미와 이 남자는 느낌이 좋다, 고 확신했다.

나는 지난봄부터 도쿄에 살고, 대학에 다니면서 많은 커플을 보았다.(어째 표현이 좀 이상해서 내가 시골 촌뜨기가 된 기분이지만.) 그리고 그 사람들에게서, 서로에게 끌린 나름의 확실한 이유를 느낄 수 있었다. 외모가 비슷하다든가, 생활 태도나 옷을 입는 취향 등이 비슷하다든가, 겉보기는 조화롭지 못한 커플이라도 오래 함께하다 보면 '음, 사귈 만해.' 하고 수긍이 가는 부분이 생기는 법이다. 그러나 내가 그날, 츠구미와 쿄이치에게서 순간적으로 감지한 것은 보다 한결 강한 것이었다. 그렇다, 아까 그가 츠구미란 이름을 말했을 때, 내 안에서 그와 츠구미가 완전히 하나로 포개져서 빛났다.

두 사람의 관심사가 이렇게 비 내리는 나른한 오후를 건너 통하고 있다는 것을 알 수 있었다. 나는 나의 직감을 자신한다. 그리고 내가 두 사람에게서 감지한 이 느낌이야말로 숙명이니, 운명적인 사랑이라고 하는 것이리라.

비로 자욱한 짙은 회색 도로, 젖은 아스팔트에 빛나는 일곱 가지 색을 보고 걸으면서 나는 그렇게 절실히 생각했다.

"좀 기다려봐, 문병 가는데, 뭘 좀 사 가야 하지 않을까. 츠구미 뭘 좋아하니?"

쿄이치의 그 말에 나도 모르게 풋, 하고 웃음이 나왔다.

"그런가, 사과 주스하고 멜론하고 생선 초밥이 먹고 싶대."

"······어째 좀 뒤죽박죽이다."

라며 쿄이치는 고개를 갸웃했다. 이런 것을 자업자득이라고 하는가 싶어서 나는 한참을 키득키득 웃었다.

"츠구미, 손님이야."

츠구미의 놀란 눈과, 과연 그것을 어떻게 숨길까 상상하느라 흥분한 나는 살며시 장지문을 열었다.

그런데, 츠구미가 없었다.

불이 환하게 켜진 방 안, 츠구미가 빠져나간 모양대로 이부자리만 들떠 있었다. 나는 어이가 없었다. 아무리 츠구미가 엉뚱한 짓을 잘한다지만, 그녀는 지금 열이 39도나 된다.

"……없어."

내가 중얼거리자,

"굉장한 병자라면서."

쿄이치는 눈살을 찌푸리고 이상한 언어를 구사했다.

"분명 그랬는데……."

나는 당황스러웠다.

"잠깐만 여기서 기다려. 아래층에 갔다 올 테니까."

현관으로 뛰어 내려가, 몸을 구부리고 신발장에 츠구미의 샌들이 있는지 찾아보았다. 츠구미가 늘 신고 다니는 하얀 꽃 달린 비치 샌들이 손님들의 샌들에 섞여 있는 것을 발견하고서 안도하는데, 마사코 이모가 복도로 걸어왔다.

"무슨 일 있니?"

"츠구미가 방에 없어요."

"뭐라고?"

마사코 이모도 놀란 눈으로 말했다.

"아니 지금 걔, 열이 얼마나 높은데. 의사 선생님이 막 주사 놔주고 간 참인데…… 그래서 열이 내려서, 또 촐싹거리고 나간 건가……."

"그런가 보네요."

"하지만 내가 계속 프런트에 있었는데, 네가 나간 후에는 아무도 안 나갔어. 집 안에 있는 거 아닌가…… 아무튼 찾아봐야겠구나."

이모는 불안한 표정으로 그렇게 말했다.

"뭐야, 대체."

하고 나는 한숨을 쉬었다.

쿄이치에게 집 근처를 찾아보라고 하고, 나와 마사코 이모는 여관 안을 이리저리 돌아보았다. 별채도, 자동판매기 있는 곳도 다 들여다보았다. 요코 언니의 방도 열어보았다. ……없었다. 츠구미의 모습은 어디에도 없었다. 이렇게 조그만 건물 안, 빗소리를 들으며 똑같은 모양의 문이 죽 이어지는 어두운 복도를 몇 번이나 오가자니, 나는 외로운 미로에 빠져든 듯한 묘한 기분이 들었다. 형광등 불빛 아래를 빙빙 맴돌면서, 나도 마사코 이모도 갑자기 불안해졌다. 그랬다, 옛날부터 이런 때면, 우리는 걱정하기보다 화가 나기보다 불안해졌다. 늘 그렇게 확고하게 보였던 츠구미의 시건방지면서도 밝게 빛나는 생명이 실은 이렇게 허망할 수도 있다는 것을 새삼 깨닫는 것이다.

그네만 오래 타도,

반나절, 바다에서 수영만 해도,

심야 영화에 빠져서 잠만 제대로 못 자도,

싸늘한 날씨에 웃옷만 입지 않아도,

츠구미는 쓰러진다. 상태가 나빠진다. 츠구미라는 존재가 그토록 확고하게 보이는 것은 연약한 육체에 저항하느라 안간힘을 쓰는 그 저력 탓에 지나지 않는다. ……정말 이렇게 비 내리는 날에는 머리가 멍하고, 몸 안에서 옛 기억이 새록새록 떠오른다. 그 무렵의 감상적인 분위기가, 어두운 유리창에 비치는 것 같다──어린 눈동자에 비치는 닫힌 장지문의 무게. "츠구미 생명이 위태롭다. 조용히 해라." 하시던 엄마의 말씀. 눈물을 글썽이는 요코 언니의 땋아 내린 긴 머리. 정말 어렸을 때는 그런 일이 종종 있었다.

"아이 참, 어디로 간 거지……."

츠구미 방으로 다시 돌아온 우리는 또 한숨을 쉬었다.

"이 부근에는 없는데요."

라면서 쿄이치도 타다다닥 계단을 올라왔다. 그는 우산도 쓰지 않고 밖에 나갔었는지, 머리가 젖어 있었다.

"어머나, 홀딱 젖었네…… 미안해요."

마사코 이모는 그가 누구인지도 모르면서 아무튼 미안해서 어쩔 줄을 몰랐다. 차례가 뒤죽박죽이다.

"어디 멀리 간 건가?"

라고 말하고 나는 문득 밖을 한번 내다보자 싶어 옥상 쪽으로 걸어가, 밖으로 통하는 커다란 창문으로 고개를 내밀었다.

그리고 발견했다.

"여기 있어요……."

라고 맥 빠진 목소리로 이모에게 말하고, 창문을 드르륵 열었다. 츠구미는 어이없게도, 옥상 바닥과 그 밑에 있는 지붕 사이에 옹크리고 있었다. 나무판자와 나무판자 사이에서 나를 올려다보면서 츠구미는,

"들켰나!"

라고 말했다.

"뭐가 들켰나야. 뭐하는 짓이야?"

나는 어이가 없었다. 무슨 속셈인지 알 수 없었다.

"어머, 너 맨발로! 그렇게 차가운 데서…… 빨리 이쪽으로 못 오니? 또 열나면 어쩌려고."

이모는 이제야 안심이라는 표정으로 말했다. 그러고는 축축한 츠구미를 질질 끌어냈다.

"바로 타월 갖고 올 테니까, 이불 속에 들어가 있어, 알았지?"

이모가 타닥타닥 아래층으로 내려간 후, 나는 말했다.

"츠구미 너, 왜 그런 이상한 데 있었던 거니?"

츠구미는 숨바꼭질을 할 때, 툭하면 그곳에 숨었다.
그러나 지금은 숨바꼭질이나 하고 있을 때가 아니다.
말할 필요도 없지만.

"네가 쿄이치하고 같이."

츠구미는 키들키들 웃으면서 열 때문에 달뜬 목소리
로 말했다.

"나 놀라게 하려고 의기양양하게 들어오는 거, 창문
으로 다 보였거든. 그래서 뒤통수 쳐주려고."

"너희 엄마는 마음이 좋으시구나."

쿄이치가 말했다. 상황을 고려한 그가, 그만 가겠다
고 했지만 이모와 츠구미와 내가 열심히 만류하여, 차
만 마시고 가기로 한 것이다.

"전혀 꾸짖지 않으시는 걸 보면."

"딸을 바다보다 더 깊이 사랑하니까."

츠구미가 말했다. 거짓말도 참, 하고 나는 생각했다.
이모의 침착함은 그저 츠구미에게 이골이 나 있기 때문
이었다. 하기야 언젠가는 알게 될 일이니까, 하고 생각
하면서 나는 잠자코 차를 마셨다. 게다가 츠구미를 보
는 쿄이치의 눈빛이 죽어가는 새끼 고양이를 보는 것처
럼 연민으로 가득했기에, 찬물을 끼얹고 싶지 않았다.
……그러나 이렇게 생각하는 나마저 조금은 걱정스러울

정도로 츠구미는 힘들어했다. 눈 밑은 거무죽죽하고, 호흡은 빠르고, 입술은 새파랗다. 젖은 머리칼은 이마에 달라붙어 있고, 눈동자와 두 볼이 반짝반짝 빛나 보였다.

"자 이제 갈게. 나중에 또 보자. 어린애 같은 장난은 그만두고, 얌전하게 누워 있어. 그리고 빨리 낫고."

쿄이치가 일어섰다.

"잠깐만."

츠구미가 말했다. 그러고는 뜨끈한 손으로 내 팔을 잡고,

"마리아, 그 녀석 못 가게 해."

라고 가칠한 목소리로 외쳤다.

"……들었지? 잠깐만 있어봐."

나는 쿄이치를 올려다보았다.

"왜?"

그는 머리맡으로 돌아왔다.

"아무거나, 이야기 하나 해줘."

츠구미가 절실하게 그렇게 말했다.

"난 어렸을 때부터 새로운 이야기를 듣지 않으면 잠을 못 자거든."

또 거짓말, 이라고 나는 생각했다. 하지만 '새로운 이야기'란 발상은 신선했다. 귀엽고, 좋은 향기가 풍기

는 단어였다.

"음, 이야기. 글쎄, 그럼 네가 편히 잘 수 있도록, 수건 이야기 해줄게."

쿄이치가 말했다.

"수건?"

하고 내가 말했고, 츠구미도 어리둥절해했다.

쿄이치는 이야기를 시작했다.

"난 어렸을 때는 심장이 안 좋았어. 그런데, 수술을 받으려면 체력이 나아질 때까지 기다려야 했어. 물론 이미 수술했고, 지금은 팔팔하니까 기억하는 일조차 별로 없지만, 힘든 일이나 괴로운 일이 있을 때면 수건을 생각해. ……나 옛날에는 정말 골골하는 애였어. 수술을 해도 좋아질 것이라는 보장은 없는데, 그래도 기다렸지. 아무 기약도 없이 마냥 기다린다는 것, 보통 때는 잘 몰라도, 발작을 일으키면, 정말 우울하고 불안했어. 괴롭고 힘들어서 견딜 수가 없었지."

빗소리가 멀어지는 것 같았다. 우리는 그의 느닷없는 이야기에 귀를 기울였다. 쿄이치는 담담하게 그러나 또렷한 목소리로 얘기했고, 그 목소리는 조용한 방 안 가득 울렸다.

"발작이 일어나면, 늘 누워서 아무 생각도 안 했어. 눈을 감으면, 불필요한 생각을 하게 되고, 어두운 것은 싫으니까, 내내 눈을 뜨고 있었지. 그리고 고통이 지나가기를 기다리는 거야. 곰을 만나면 죽은 척해야 한다는데, 아마 그런 기분일 거야. 그런 상황이 정말 싫었어. 그런데 내가 사용하는 베개의 커버는 좀 특별한 거였어. 엄마가 시집올 때 할머니가 보내준 외제 수건이었거든. 그것도 아주 좋은. 엄마는 그것을 아주 소중하게 쓰다가, 끝이 해져서 그걸로 내 베개 커버를 만들어준 거야. 짙은 파란색에, 알록달록한 외국 국기가 나란히 새겨진 멋진 디자인이었어. 누워서 그 선명한 색을 물끄러미 쳐다보았지. 늘 그렇게 견뎌냈어.

……그때는 별다른 생각이 없었는데, 나중에 말이야, 예를 들어 수술하기 전이랑 수술한 다음에 아주 힘들 때, 그리고 무슨 다른 짜증스러운 일이 생기면 머릿속에, 그 수건 무늬가 쫙 떠오르는 거야. 그거 이 세상에서 사라진 지 벌써 오랜데, 마치 눈앞에 있는 것처럼 선명하게 보여. 당장이라도 집어들 수 있을 정도로 말이야. 그러고는 묘하게도 마음이 정리가 돼. 난, 이건 거의 하나의 신앙이라고 생각해. 재밌잖아, 끝. 됐어?"

"그랬구나……."

라고 나는 말했다. 그의 차분함, 반듯하게 선을 그은 듯한 성숙한 태도, 그리고 그 눈동자는, 그가 그런 어린 시절을 보냈기에 체득된 것이리라. 그것이 표현되는 방향은 전혀 다르지만, 혼자만의 길을 걸어왔다는 점은 츠구미와 마찬가지였다. 아무리 자연이 낳은 어쩔 수 없는 일이라지만, 츠구미의 망가진 육체에 츠구미의 마음이 깃들어 있다는 것은 무척 애처로운 일이었다. 츠구미에게는 그 어느 누구보다도 깊고, 우주에 닿을 만큼 강하게 불타오르는 영혼이 있는데, 육체가 영혼을 극단적으로 제한하고 있는 것이다. 그 허망한 에너지가 쿄이치의 눈동자에 있는 것을 한눈에 알아본 것이리라.

"국기 보면서, 멀리 있는 나라 생각했어? 죽어서 갈 장소도?"

"응, 언제나 생각했지."

쿄이치가 말했다.

"그런데, 지금은 어디든 갈 수 있게 됐단 말이지, 좋겠다."

츠구미가 말했다.

"그래, 너도 될 수 있어. ……아니지, 어디든 갈 수 있다고 다 좋은 건 아니잖아. 여기도 좋은 곳이야. 비치 샌들 신고 수영복 입고 돌아다닐 수도 있고, 산도 있고 바다도 있고. 그리고 넌 패기가 있으니까, 여기에만 있어도, 온 세계를 여행하는 사람보다 많은 것을 볼 수 있을 거야. 그런 느낌이 들어."

쿄이치가 차분하게 말했다.

"그러면 좋겠다."

츠구미는 웃었다. 눈동자를 반짝이며, 발그스름한 볼에 하얀 이를 보이며 생긋 웃었다. 하얀 이불에 매끈하고 발간 두 볼이 어슴푸레 비칠 것 같았다. 오늘, 눈물이 많은 나는, 나도 모르게 고개를 숙이고 눈을 깜박거렸다. 그때, 츠구미가 쿄이치를 똑바로 쳐다보면서 말했다.

"네가 좋아졌어."

아버지와 헤엄치다

쿄이치와 해변을 걷는, 츠구미의 사랑은 사람들의 이목을 끌었다. 그렇다, 그들은 유난히 눈에 띄었다. 옛날부터 흔히 보아온, 츠구미와 남자가 함께 걷는 장면에 위화감을 느낄 리 없는데, 이 좁은 동네를 거니는 두 사람은 왠지, 이국의 땅을 헤매는 연인들처럼 덧없이 빛나 보였다. 늘 개 두 마리를 데리고, 해변 어딘가에 있었다. 먼 곳을 바라보는 두 사람의 눈길은, 언젠가 꾼 꿈처럼, 그것을 보는 사람들의 마음에 향수를 불러일으키는 듯한 느낌이었다.

집 안에서는 여전히 가족들에게 온갖 앙탈을 부리고, 포치의 먹이를 걷어차고서는 사과도 하지 않고, 아무 데서나 배를 드러내놓고 자면서, 쿄이치와 있을 때의

츠구미는 너무도 행복한 듯 빛나 보여, 어째 삶을 서두
르고 있는 듯한 생각마저 들었다. 희미한 불안, 마치
구름 사이로 새나오는 빛처럼, 가슴속이 에이도록 불안
해졌다.

　늘 츠구미의 삶은, 그렇게 두려웠다.

　감정이 육체를 휘두르는 것 같고, 찰나에 생명을 깎
아먹는 것 같고, 그리고 눈부셨다.

　"마리아!"

　부끄럽고 어이없어 어쩔 줄 모를 정도의 큰 소리로
내 이름을 부르고서, 아버지는 유리창 밖으로 손을 흔
들었다. 나는 일어나 정거장으로 걸어갔다. 거대한 버
스가 열기와 커다란 소음을 뿜어내면서 천천히 차도에
서 이쪽으로 돌아오는 모습을 물끄러미 쳐다보고 있었
다. 빛 속에서 그것은 장엄한 광경이었다. 문이 열리
고, 줄줄이 내리는 관광객들에 섞여 아버지가 내렸다.

　엄마는 오지 않았다. 전화에서, 여름 바다를 보면,
그립고 외로워서 울 것 같으니까 싫다고 했다. 초가을
에 이사할 때 잠깐 내려와서, 야마모토야의 마지막 모
습을 지켜볼 생각이리라. 혼자서라도 오겠다고 떼를 쓴
것은 아버지였다. 그는 '다 큰 딸과의 여름휴가'를 꿈
꾸며, 일박의 여정으로 기어코 내려왔다. 모든 것이 변

해서 조금은 이상했다. 얼마 전까지만 해도 아버지가 주말마다 엄마와 나를 찾아 이리로 내려왔었다. 그렇다. 어렸을 때부터 여름이면 줄곧, 모자를 쓰고 샌들을 신고, 뜨거운 콘크리트 계단에 앉아 꼼지락꼼지락, 아버지가 타고 오는 버스를 기다리는 것이 낙이었다. 아버지는 뱃멀미를 하기 때문에 언제나 버스를 타고 왔다. 떨어져 지내는 부녀의 담담한 재회 장면을 끈기 있게 기다리는 것이다. 엄마는 대개 일 때문에 바빠서, 나만 마중 나왔다. 그리고 잇달아 들어오는 거대한 버스의 유리창에서 아버지의 얼굴을 찾았다.

가을에도 겨울에도 그랬는데, 돌이켜보면 늘 여름이었던 것 같은 느낌이다. 아버지는 언제나 눈부신 햇살 속으로, 오래오래 참았다는 듯 환하게 웃으면서 버스에서 내렸다.

한결 젊어 보이는 옷차림에 선글라스를 낀 아버지도, 아버지를 보고 깜짝 놀라 어린 시절의 나에서 순식간에 열아홉 살로 돌아와 자리에서 일어선 나도, 너무 더워서, 눈앞이 어질어질한 꿈속만 같았다. 말하기도 어려울 지경이었다.

"야아, 바닷바람이다!"

아버지는 한숨처럼 말했다. 이마로 흘러내려온 머리

칼이 바람에 살랑살랑 흔들렸다.

"어서 오세요."

라고 나는 말했다.

"너, 완전히 토박이로 돌아갔구나, 까맣게 타고."

"엄마는요?"

"역시 싫다더라. 집에서 여유 부리고 있다. 안부 전해 달라고 하더라."

"그럴 줄 알았어요. 이모도 그렇게 말했고요. 아버지 마중하러 나오는 거, 오랜만이네요."

"그렇구나."

아버지는 중얼거리듯 말했다.

"어쩔까요, 우선은 짐을 두러 가야죠? 이모한테 인사하고, 그리고 차 타고 어디 갈까요?"

"아니, 해수욕해야지."

아버지가 말했다. 기다렸다는 듯이 분명하게, 들뜬 목소리로.

"나는, 아무튼, 바다에서 수영하려고 왔으니까."

아버지는 옛날에는 수영을 하지 않았다.

우리와 함께 지내는 한때에 '바다'가 끼어드는 것조차 거부하듯이. 한여름 해변의 나른하고, 빛에 충만한 북적거림에 우리 가족의 조촐한 평온이 깨질까 봐 두려

위하듯이. 첩인 주제에, 엄마는 남의 이목을 전혀 꺼리지 않았다. 주방 일을 마무리하면 엄마는 머리를 매만지고 옷을 갈아입고, 아버지와 함께 나를 데리고 서둘러 산책에 나섰다. 그렇게, 어슴푸레한 해변을 셋이서 걸을 때가, 우리 가족에게는 가장 행복한 시간이었다. 쪽빛 하늘에 잠자리 그림자가 춤추고, 나는 시원한 아이스크림을 먹었다. 바다는 잔잔하고, 모래사장에는 후끈거리는 열기가 남아 있고, 그리고 소금 냄새가 났다. 아이스크림에서는 늘 허망한 맛이 났다. 하얗고 부옇게 보이는 엄마의 얼굴이 저 먼 서쪽에서 빛나는 구름의 잔영을 받아 무척 아름답게, 그 윤곽이 부드럽게 보였다. 그리고 아버지는, 오늘 도쿄에서 막 내려온 사람 같지 않게 확고하고 존재감 있는 어깨를 엄마와 나란히 하고 걸었다.

바람이 지나간 자리에 모래가 파도무늬를 그리고, 아무도 없는 해변에는 파도 소리만 요란하게 울렸다.

사람이 유난히 자주 오가는 것은, 몹시 슬픈 일이다. 아버지가 없을 때에는 왠지 모르게, 죽음의 그림자를 뿌옇게 드리운 외로움을 느꼈다.

주말에 있었던 아버지가 월요일 아침, 눈을 뜨면 흔적조차 남기지 않고 사라지고 없었다. 그런 때는 어린 마음에도 이불 속에서 나오기가 무서웠다. 엄마에게 물어보아 아버지의 부재가 확실해지는 것을, 늦추려 하는 것이다. 또다시 얕고 쓸쓸하고 짜증스러운 잠에 빠질 즈음, 엄마가 내 이불을 걷어내며,

"체조에 늦겠다. 일어나."

라며 웃는다. 그 웃는 얼굴이 아버지가 없는 여느 일상을 돌이켜 놓은 후에야, 나는 안도한다.

"아빠는?"

잠이 덜 깬 목소리로 일단은 물어보지만, 엄마는 아주 조금 아쉽게 웃으며 말한다.

"아침 첫 버스 타고 도쿄에 가셨어."

졸린 눈으로 한참이나 덧문 밖, 아침을 쳐다보는 동안 나는 아버지를 생각한다. 마중하러 나갔던 일, 뜨거워서 싫다는데도 그 커다란 손으로 내 손을 잡고서 놓지 않으려는 천진한 웃는 얼굴, 저녁나절 셋이서 걸었던 광경을.

그 무렵엔 늘, 때맞춰 요코 언니가 부르러 오면, 우리는 아직은 시원한 아침 공기 속을 걸어 라디오에서 방송되는 체조를 하러 공원에 가곤 했다.

아버지가 먼 파도 사이로 사라지는 모습을 물끄러미 쳐다보고 있자니, 불현듯 그런 아침의 느낌이 생생하게 되살아났다.

모래사장에 도착해, 옷을 갈아입자마자 아버지는 기다리지 못하겠다는 듯,

"마리아, 먼저 간다!"

라고 외치고는 철썩이는 파도 속으로 달려갔다. 팔꿈치에서 손 모양까지, 나와 너무 닮은 모습을 보고는 갑자기 가슴이 뭉클했다. 역시 저 사람은 틀림없는 나의 아버지라고, 선 크림을 바르면서 생각했다.

태양은 쨍쨍 높고, 해변에 있는 모든 것들 위로 새하얗게 쏟아졌다. 앗 차가워 앗 차가워 하고 어린애처럼 소리를 지르면서 아버지는 마치 호수처럼 잔잔한 바다로, 점점 멀어져갔다. 먼 바다로 향하는 그는, 마치 바다에 끌려가는 것처럼 보였다. 끝없이 넓은 파랑, 사람 하나쯤은 금방 삼켜버리고 만다. 나도 일어나, 뒤따라 바다로 들어갔다. 처음에는 펄쩍 튀어오를 정도로 차갑던 물이 포근하게 피부에 스미는 순간을, 나는 사랑한다. 올려다보이는 파란 하늘을 배경으로 바다를 에워싼 산들이 빛나는 녹음을 뽐내고 있었다. 해변의 초록이 유독 짙고, 선명하게 보였다.

아버지는 저만치서 헤엄치고 있었다. 아직 한창 젊지만, 가정을 처음 꾸리기에는 충분히 늙은 나이다. 바로 몇 미터 앞에 있는데, 헤엄치는 아버지의 머리는 그런 생각이 들 만큼 작고, 파랗게 잔물결이 이는 파도와,

멀리서 빛나는 바다의 눈부신 파도 사이로 보였다 말았다. 당장이라도 사라져버릴 것 같았다. 영문 모를 불안이 헤엄치는 나의 마음에 차올랐다. 싸늘한 물 탓일 수도 있고, 발이 닿지 않는 곳에서 헤엄치는 탓인지도 모르겠다. 아니면 눈을 깜박일 때마다 바뀌는 구름의 모습과 햇살의 각도가 그런 생각을 불러일으키는 것일까. 이대로 아버지와 헤어져, 파도에 휩쓸려, 다시는 돌아올 수 없는 바다 저편으로 사라져버린다…… 아니, 아니다. 그런 물리적인 것이 아니라, 나는 사실 아직도 도쿄의 생활을 잘 모르는 것이다. 이런 바다 속, 멀리 바닷바람에 빨간 깃발이 펄럭이는 물속에서는, 저 도쿄의 집이 꿈처럼만 여겨진다. 물살을 가르면서, 아버지가 눈앞에서 헤엄치고 있는데, 그 또한 먼 꿈의 일부였다. 모든 것이 반듯하게 정리되지 않아, 내 마음속 깊은 곳은 아직도 주말이면 홀로 아버지를 기다리는 소녀에 머물러 있는 것이리라. 옛날, 아버지가 일이 바빠 지치고 지친 표정으로 이곳을 찾을 때마다 엄마는 투정도 걱정도 아니게, 미소 지으며 이렇게 말하곤 했었다.

"만약 지금, 당신이 쓰러졌다 해도 우리는 도쿄로 달려갈 수 있는 처지도 아니고 하물며 장례식에는 얼굴도 내밀 수 없어요. 그러기 싫으니까, 건강만큼은 좀 조심해 줬으면 좋겠어요."

어린 마음에도 나는, 그런 건가, 하고 생각했다. 그런 나날 속에서 아버지는 늘, 어디론가 멀리 사라져버릴 것만 같은 사람이었다.

그런 기억을 떠올리고 있는데 아버지가 빛 속에서 부신 듯 눈을 찌푸리고 나를 돌아보며 동작을 멈췄다. 나는 파도를 헤치고 아버지를 따라잡았다. 거리가 좁혀지자 아버지는 웃으면서, "기다려준 거야."라고 말했다.

수천 갈래로 반짝이는 빛에 숨이 막힐 지경이었다. 떠 있는 부표를 향해 나란히 헤엄쳐 가면서, 나는 생각했다.

아버지는 내일, 건어물과 소라를 한 아름 싸안고 신칸센을 탈 것이다. 그리고 엄마는 부엌에서 아버지를 돌아보며, 나와 사람들의 소식을 물으리라. 환영처럼 부옇게 떠오르는 그 정경은 이 외동딸을 어질어질할 정도로 행복하게 한다. 그렇다, 이 바닷가의 고향 마을을 잃어도 내게는 흔들림 없는 가정이, 돌아갈 곳이 있다.

바다에서 나와 모래사장에서 뒹굴고 있는데, 내 손바닥을 꾹 밟는 맨발바닥이 느껴졌다. 눈을 뜨자, 츠구미가 나를 내려다보고 있었다. 역광 속에서, 츠구미의 하얀 피부와 강렬하게 빛나는 커다른 눈망울이 눈부셨다.

"왜 밟는 거야, 갑자기?"

라고 말하고, 나는 할 수 없이 일어났다.

"샌들 신고 밟지 않은 것만 해도 다행인 줄 알아."

간신히 따끈할 발을 내 손바닥에서 떼고 츠구미는 샌들을 신었다. 옆에서 아버지가 천천히 일어나,

"오오, 츠구미." 하고 말했다.

"이모부. 안녕하세요. 오랜만이네요."

내 옆에 쭈그리고 앉은 츠구미는 아버지를 보면서 웃음 지었다. 같은 학교에 다니지 않은 지 오래라 이렇게 정중하게 웃는 그녀의 얼굴이 반가워서, 교복 차림의 그녀 모습을 떠올리고 말았다. 학교에서 그녀의 취미는 얌전하게 내숭을 떠는 것이었다. 그 순간, 만약 쿄이치가 츠구미와 같은 학교를 다녔다면 그는 그녀를 발견했을까 싶은 생각이 들었다. 응, 틀림없이 그랬으리라. 그 역시 츠구미와 마찬가지로, 한 가지 일만 가지고 인생을 깊이 파고드는 불균형한 감각을 지니고 있었다. 그런 사람들끼리는 눈가리개를 하고 있어도 서로를 알아보는 법이다.

"츠구미, 뭐야 너, 어디 가는 거야?"

나는 말했다. 바람이 세서, 발치에 있는 모래가 조르르 빠져나갔다.

"데이트하러 간다, 왜."

흘러넘칠 듯 반짝이는 미소를 띠고 츠구미가 말했다.

"모래사장에서 아버지하고나 뒹굴거리는 너하고는 수준이 다르잖아."

나는 늘 그렇듯 잠자코 있는데, 츠구미에게 익숙하지 않은 아버지는 약간 난감해하면서,

"아니지, 그렇게 오래 떨어져 살다 보면, 다 큰 딸도 연인 같은 거야."

라고 말했다.

"츠구미도 시간 있으면, 여기 앉아서 바다 구경이나 하지 그러니."

"그 촌스러운 농담은 여전하군요. 좋아, 그럼 좀 앉았다 갈까. 마음이 급해서 좀 일찍 나온 것 같으니까."

츠구미는 그렇게 말하고 비닐 돗자리에 털썩 주저앉아, 눈부신 듯 바다를 보았다. 츠구미의 머리 너머로, 파란 하늘에 또렷하게 새겨진 파라솔 끝자락이 바람에 팔락팔락 소리 내며 미친 듯이 펄럭거렸다. 유난히 선명한 풍경이라 나는 누운 채로 눈을 뗄 수가 없었다. 마음까지 멀리로 날아갈 것 같았다.

"그래, 츠구미가 연애를 한단 말이지?"

아버지가 말했다. 그는 다정했다. 이전에는 그 다정함이 그의 인생에 갖가지 걸림돌이 되었지만 생활이 평화로워지니 햇살을 받아 빛나는 산처럼, 침착하고 밝아 보였다. 이렇게 보고 있으려니, 만사가 제자리에서 자

기 효력을 발휘한다는 것이 아주 신성하고 좋은 일 같
았다.

"그럼요, 하고말고요."

츠구미는 그렇게 말하고, 내 옆에 벌렁 눕더니 내 가
방에 머리를 덜컥 올려놓았다.

"타겠다, 또 열나면 어쩌려고?"

라고 나는 말했다.

"사랑을 하는 여자는 건강한 법이지"

라며 츠구미는 웃었다. 나는 잠자코 내 모자를 츠구
미의 얼굴에 얹어주었다.

"그럼, 그럼요, 내가 이 나이가 되도록 무사히 살아
있는 것도, 이렇게 피부가 하얀 것도, 밥을 맛있게 먹
을 수 있는 것도, 다 마리아님께서 걱정해 주신 덕분이
죠."

라며 츠구미는 모자를 썼다. 아버지가 말했다.

"츠구미도 이제 많이 건강해졌군."

"덕분에요."

츠구미가 말했다.

셋이 나란히 누워 하늘을 올려다보는 꼴이 왠지 묘하
게 느껴졌다. 가끔 저 높은 하늘에 떠 있는 엷은 구름
이 느릿느릿 지나갔다.

"그렇게 대단한 연애를 한단 말이니?"

"어디 이모부만 하겠어요. 애인을 숨겨놓고 드나들었으니. 어떻게 되려나 했더니 그 사랑을 관철시켰잖아요."

이 두 사람은 성격이 잘 맞았다. 융통성이 없고 남자다움을 고집하는 타입인 츠구미의 아버지가, 츠구미의 이런 경망스러운 말투에 화를 내며 저녁을 먹다 말고 아무 말 없이 일어나는 장면을 몇 번이나 본 적이 있다. 물론 그런 것 따위는 전혀 아랑곳 않고 살아온 츠구미지만, 우리 아버지는 우유부단하기는 해도 악의와 선의를 구별할 줄은 알았다. 그래서 츠구미에게 악의가 없다는 것을 안다. 두 사람의 대화가 보기 좋아서, 사랑스러운 기분으로 듣고 있었다.

"한 가지 일에 몰두하면 도중에 포기하지 않는 성격도 그렇지만, 역시 상대가 누구인지가 중요하지 않을까."

아버지가 말했다.

"이모도 인내심 많고, 뭐니 뭐니 해도 미인이잖아요. 난 이모는 평생 여기 살고, 이모부는 끝까지 왔다 갔다만 할 줄 알았어요. 그런 게 애첩의 왕도잖아요."

"끝이 보였으면, 그랬을지도 모르지."

솔직한 아버지는 말했다. 철부지 소녀가 아니라, 운명의 여신에게 말하고 있는 것처럼 보였다.

"사랑이란, 깨달았을 때는 이미 빠져 있는 거야. 나

이가 몇이든. 그러나, 끝이 보이는 사랑하고 끝이 안
보이는 사랑은 전혀 다르지. 그건 자기 자신이 제일 잘
알 수 있어. 끝이 보이지 않는다는 것은, 즉 더 발전할
수 있다는 뜻이야. 지금 우리 마누라를 처음 알았을
때, 갑자기 내 미래가 무한해지는 듯한 느낌이었어. 그
러니까, 꼭 합치지 않아도 상관없었을지도 모르지."

"그럼, 난 어쩌고요."

라고 나는 농담 삼아 말해 보았다.

"물론 너도 있었고, 지금은 더없이 행복하다."

아버지는 소년처럼 기지개를 펴고, 바다와 산을 한꺼
번에 쳐다보았다.

"아무튼, 더 이상 말이 필요 없다. 최고야."

"그렇게 딱 잘라 말하는 단순함이 좋다니까요. 이모
부는 나를 고분고분하게 만들 수 있는, 흔치 않은 사람
이에요."

츠구미가 진지한 얼굴로 말했다. 아버지는 기쁘다는
듯 웃으며,

"츠구미는 지금까지 인기를 많이 누렸을 텐데, 이번
에는 정말 좋아하는가 보지?"

라고 말했다.

츠구미는 고개를 갸웃하고, 중얼거리듯, 속삭이듯 말
했다.

"음…… 그런 것 같기도 하고, 아닌 것 같기도 하고. 저 말이죠, 지금까지는, 뭐가 어떻게 되든, 그러니까 상대방이 눈앞에서 울고불고 난리를 피워도, 아무리 좋아하는 남자가 손을 잡게 해달라느니 만지게 해달라느니 해도, 뭐랄까…… 강 건너 불구경하는 느낌이었어요. 강 건너에 불이 났는데, 이쪽 어두운 강가에서 구경하고 있는 것처럼 말이에요. 언제 불이 꺼질지 뻔히 보이니까, 졸리고 따분했거든요. 그런 건 언젠가는 반드시 끝나니까요. 사람들은 연애에서 뭘 추구할까 하고 생각했어요, 이 나이에."

"그야 그렇지. 사람이란, 자기가 준 만큼 돌려주지 않으면 언젠가는 반드시 떠나는 법이니까."

아버지가 말했다.

"그런데, 이번에는 내가 그 안에 있다는 느낌이 들어요. 곁에 개가 있기 때문인지, 아니면 내가 이사를 하기 때문인지, 아무튼. 하지만 쿄이치는 달라요. 몇 번을 만나도 싫증이 나지 않고, 얼굴을 보면 손에 든 소프트 아이스크림을 발라주고 싶을 정도로, 좋아요."

"그 비유, 좀 성가신 거 아니니, 얘."

라고 말하면서도 나는 조금은, 가슴이 절절했다. 뜨거운 모래가 사락사락 발바닥에 닿았다. 앞으로는 츠구미에게 좋은 일만 있도록, 하고 파도 소리에 몇 번이고

기도하고 싶은 감촉이었다.

"그래, 그렇구나."

아버지는 말했다.

"언제 한번, 그 친구 좀 보여주렴."

네, 라며 츠구미는 고개를 까딱 숙였다.

이튿날, 도쿄로 가는 직통 버스에 오르는 아버지를
배웅했다.

"엄마한테 안부 전해 주세요."

라고 말하는 나에게, 볕에 그은 아버지는 고개를 끄
덕였다. 아니나 다를까, 아버지는 두 손에 다 들지도
못할 만큼, 누가 그걸 다 먹을까 싶을 만큼 많은 해산
물을 사 들고 있었다. 엄마는 또 고생고생 동네 사람들
에게 나눠줄 것이다. 이미 내 가슴에는 그런 광경이 확
실하게 뿌리내리고 있다. 도쿄의 거리, 조용한 저녁 식
탁, 돌아오는 아버지의 발소리도.

저녁 빛이 가득한 버스 정거장에 오렌지 빛이 반사되
어 눈이 부셨다. 버스는 천천히 정거장으로 들어왔다가
아버지를 태우고는 다시 천천히 도로로 나갔다. 아버지
는 한없이 손을 흔들었다.

혼자서, 황혼 속을 걸으며 야마모토야로 돌아가는
길, 나는 조금 쓸쓸했다. 이 여름의 끝이면 잃게 될,

고향의 길을 오가는 이 나른함을 마음에 꼭꼭 담아두고 싶었다. 마치 시시각각 모습이 변하는 저녁 하늘처럼 온갖 종류의 이별로 가득한 이 세상을, 하나도 잊고 싶지 않았다.

축제

이 동네는 여름을 보내는 관광객의 수가 절정에 달하면 여름 축제를 연다. 그러니까 거의 동네 주민들이 즐기기 위한 행사다. 산에 있는 큰 신사를 중심으로, 광장에는 노점이 즐비하게 들어서고, 봉오도리(양력 추석날 추는 춤—옮긴이)와 카구라(신에게 제사 지낼 때 연주하는 일본 고유의 무악—옮긴이)를 위한 무대도 설치된다. 해변에서는 대대적인 불꽃놀이 대회도 벌어진다.

그리고 그 준비에 온 동네가 분주해질 즈음, 갑자기 일상에 가을이 섞여들기 시작한다. 햇볕은 아직도 강렬한데, 바닷바람은 부드러워지고 모래도 차가워진다. 눅눅한 구름 냄새를 머금은 비가, 모래사장에 죽 늘어선 보트를 소리 없이 적신다. 이제 여름이 뒷모습을 보이고 있다는 것을 여실히 느낄 수 있다.

축제를 앞둔 어느 날, 너무 신나게 논 탓인지 갑자기 열이 오른 나는 끙끙 앓아누웠다. 때마침 츠구미도 앓아누운 탓에 요코 언니는 간호사처럼 얼음주머니와 죽을 들고 내 방과 츠구미의 방을 오갔다. 그러고는 "축제 전에는 나아야지."라고 말했다.

좀처럼 열이 나지 않는 나는, 체온이 38도를 넘었다는 것을 알고서는 눈앞이 빙빙 돌았다. 벌겋게 달아올라 마냥 누워 있을 수밖에 없었다.

저녁때, 늘 그렇듯 아무 말 없이 츠구미가 장지문을 드르륵 열고 들어왔다. 나는 창밖 저 멀리까지 겁이 날 정도로 빨개진 하늘을 가만히 바라보고 있었다. 온몸이 나른하고 힘이 없어서 츠구미를 상대하기가 귀찮은 나는 고개도 돌리지 않고 그대로 밖을 내다보고 있었다.

"열이 많다면서?"

라면서 츠구미가 내 등을 찼다. 나는 할 수 없이 몸을 뒤척이고 고개를 돌렸다. 머리를 하나로 묶고, 밝은 파란색 잠옷을 입은 그녀는 건강해 보였다.

"너야말로, 진짜 열 있는 거야?"

나는 말했다.

"이 정도쯤, 나한테는 열도 아니지."

라며 웃고는 이불 밖으로 나와 있는 내 손을 꼭 잡았다.

"음, 나하고 비슷한데."

열이 오를 때면 츠구미의 손은 깜짝 놀랄 정도로 뜨거운데, 오늘은 과연 그렇지 않았다.

"넌, 열나도 아무렇지 않은가 보구나."

늘 이런 상태로 돌아다녔나 하고 생각하자, 새삼 감동마저 느껴졌다. 열이 나면 세상이 붕 떠 보인다. 몸은 무거운데 마음은 날아다니고, 평소에는 생각지 않는 것을 반복적으로 집중해서 생각한다.

"그건 그렇지. 하지만 체력이 없어서 금방 나가떨어지는걸 뭐."

츠구미는 내 머리맡에 앉아 말했다.

"기력만큼은 남들의 몇 배잖아."

내가 말하며 웃자,

"기력만으로 살고 있다고 해야지."

라고 말하며 츠구미도 웃었다.

이 여름, 츠구미는 최고로 아름다웠다. 모두들 그 아름다움에 숨을 삼키고 넋을 잃는 순간을, 끝없이 만들어냈다. 그 환하게 웃는 얼굴은 마치 산꼭대기에 엷게 남아 있는 눈처럼 청순하고 귀하게 보였다.

"열이 있을 때는, 세상이 좀 이상하게 보이잖아, 재

있잖아."

오늘따라 츠구미의 눈동자가 유난히 부드러웠다. 그런 눈을 가늘게 뜨고 있는 모습이, 마치 친구가 생겨 기뻐하는 조그만 짐승의 모습 같았다.

"그래, 왠지 모르게 신선해 보인다."

나는 말했다.

"나처럼 툭하면 열나는 사람은, 보통의 일상하고 그런 상태를 오락가락하잖아. 어느 쪽이 진짜 세상인지 모르겠고, 인생이 초고속으로 지나가."

"그래서 너, 늘 술 취한 것처럼 흥분해 있는 거구나?"

"그래 맞아."

츠구미는 웃으며 일어나, 또 휑하니 방을 나가버렸다. 그 뒷모습이 잔상처럼 유독 또렷하게 마음에 남았다.

다행히 축제의 밤이 오기 전에 우리 두 사람은 완전히 회복되었다. 넷이서 축제에 가기로 했다. 츠구미와 쿄이치와 나와 요코 언니. 츠구미는 이 동네 축제를 쿄이치에게 안내해 줄 거라면서 신바람이 나 있었다.

우리 셋이서 유카타를 차려입기는 1년 만이었다. 서로가 다른 사람의 오비(기모노를 비롯해서, 일본 옷의 겉에 묶는 허리띠 ─ 옮긴이)는 매줄 수 있어도 자기 것은 맬 수가 없다. 야마모토야의 넓은 다다미 위에 남색 바탕에 커다랗고 하얀 꽃무늬가 잘 어울리는 유카타를 펼쳐놓고, 빨간색과 분홍색의 번들거리는 싸구려 오비로 구색을 맞춘다. 내가 츠구미에게 빨간 오비를 매주었다. 그런 때, 츠구미의 여윈 몸을 실감한다. 한없이 조여도 그 앞에 어둠이 있는 듯한, 손 안에 미끈하고 딱딱한 오비가 그대로 남아 있는 듯한 느낌이 들어, 순간 깜짝 놀란다.

옷을 갈아입고 아래층 로비에서 텔레비전을 보고 있는데, 쿄이치가 데리러 왔다. 그는 평소와 다름없는 옷차림이었다. 츠구미가 "통 기분을 낼 줄 모르는군." 하며 이죽거리자, "이건 아니야!"라면서 게다(왜나막신 — 옮긴이)를 보여주었다. 커다란 맨발이 여름에 어울렸다. 츠구미는 평소에도 그렇듯 유카타를 입은 모습을 자랑하지는 않고, 그 하얀 손으로 쿄이치의 손을 잡고 흔들면서 어린애처럼,

"빨리 가자 빨리, 불꽃놀이가 시작하기 전에 노점들 구경해야지."

하고 채근했다. 그 모습이 너무너무 귀여웠다.

"어머? 쿄이치, 거기 왜 그래?"

라고 요코 언니가 말할 때까지, 우리는 알아채지 못했다. 현관의 부연 어둠 속에 서 있는 쿄이치의 눈 아

래가 퍼렇게 멍들어 있었다. 없어져가고는 있었지만.

"나랑 사귀는 거 우리 아버지한테 들켜서, 얻어맞았지 뭐."

츠구미가 말하고,

"맞아."

라며 쿄이치가 피식 웃었다.

"정말?"

이라고 내가 묻자,

"거짓말이야. 내가 어떻게 알아. 그리고 우리 아버지한테 그런 눈물겨운 애정이 있을 리 없잖아."

츠구미가 웃으면서 듣기에 서운한 말을 해서, 왜 그런지 그 진상은 제대로 물어보지 못한 채 어영부영 집을 나섰다.

하늘에서 부옇게 빛나는 은하수를 올려다보며 골목길을 걷고 모래사장을 걸었다. 스피커에서 흘러나오는 봉오도리 소리가 바람을 타고 온 동네 구석구석까지 들렸다. 바다가 여느 때보다 훨씬 까맣고 파도도 거칠게 느껴지는 것은 해변을 따라 죽 걸려 있는 초롱불에 모래사장이 환하기 때문이리라. 사람들은 가는 여름을 아쉬워하듯 어둠 속을 필요 이상 천천히 걸었다. 온 동네 사람들이 밖에 나와 있기라도 한 것처럼, 골목마다 사람들이 가득했다.

우리는 옛날 친구를 몇 명이나 만났다.

초등학교 때, 중학교 때, 고등학교 때의 친구들. 모두들 어른스러워져서, 얼굴을 마주해도 뒤죽박죽된 기억의 틈새로 언뜻언뜻 보이는 꿈속의 사람 같았다. 웃으며 손을 흔들고, 짧은 대화를 나누고 스쳐 지나간다. 피리 소리와 부채와 바다의 풍경이 천천히 밤에 투영되어, 마치 초롱불처럼 흘러간다.

축제 때가 아니면, 축제의 밤의 공기는 생각나지 않는다. 사소한 것 하나만 빠져도 완전한 이미지와, '이느낌'은 되살아나지 않는다. 내년 이맘때쯤, 나는 또 이곳에 있을까. 아니면 도쿄의 하늘 아래서, 그리워만 하면서 기억 속의 불완전한 축제를 떠올리고 있을까.

밤의 노점들을 돌아보는 사이사이로, 그런 생각을 했다.

별일은 아니지만, 본당으로 향하는 참배 행렬에 서 있을 때 그 사건이 벌어졌다.

줄 서기가 귀찮아 참배를 빼먹으려는 츠구미를, 나와 요코 언니가 "이건 절대 빼먹으면 안 된다고."라며 필사적으로 설득했다.

츠구미는 할 수 없이 같이 서기는 했지만,

"너희들, 정말 신을 믿니? 진심이야? 이 나이에? 돈 갖다 바치고, 손바닥 싹싹 비비면 소원이라도 이루어진 대?"

라는 둥 몹쓸 소리만 투덜투덜 해댔다.

쿄이치는 그런 때면 늘 잠자코 슬며시 웃기만 했는데, 그 침묵이 너무도 자연스러운 반면 상당한 존재감이 있었다. 츠구미가 그 앞에서라면 얼마든지 제멋대로 행동해도 상관없다는 것을 금방 알 수 있다. 츠구미는 늘 그런 사람을 자기 주위로 끌어들이는 재주를 갖고 있었고, 그것은 츠구미에게 절대적으로 필요한 것이었으리라.

경내는 온통 사람들로 북적거렸고, 계단까지 줄을 서 있었다. 방울 달린 동아줄을 흔드는 소리와 새전함에 동전을 던지는 소리가 쉴 새 없이 들리면서 조금씩 줄이 앞으로 나아간다. 그렇게 조금씩 신전으로 다가가는 동안 잡담을 하는 우리들 앞으로, 사람들이 몇 번이나 줄을 헤치고 질러 지나갔다. 그러다 어느 순간, 쿄이치와 츠구미 사이를 확 밀치듯 지나간 남자가 있었다. 소위 '졸개' 같은, 젊지만 궁색해 보이는 그 남자 뒤로 비슷한 남자가 두셋, 이어 지나갔다.

분명 기분 좋은 태도는 아니었다. 우리는 순간적으로 불쾌해졌다. 그런데 쿄이치의 반응은 그렇게 어정쩡한 것이 아니었다. 그는 갑자기 신고 있던 게다를 한 짝

벗어 앞서 가는 남자의 뒤통수를 탁, 하고 소리가 날 정도로 세게 때렸다.

소스라치게 놀랐다.

남자는 "아야." 하고 소리를 지른 후, 머리를 감싸면서 쿄이치를 돌아보았다. 그러고는 눈이 휘둥그레지더니 허둥지둥 어둠 속으로 도망쳤다. 동행이 그 뒤를 따랐다. 사람을 밀치면서 좁은 계단을 쏜살같이 뛰어 내려갔다.

남자들이 사라질 때까지 몇 초 동안, 사건의 전말을 지켜보던 주변 사람들의 소리가 뚝 끊겼다. 사람들은 다시 앞을 향하고 수런거리기 시작했다.

우리들만 놀라움에서 헤어나지 못하고 있었다.

츠구미가 입을 열었다.

"너, 너, 아무리 그래도 그렇지…… 나도 그렇게 심하게는 안 한다."

그 말에 나와 요코 언니는 풋 하고 웃었고, 쿄이치는 이렇게 말했다.

"모르는 소리 마."

불빛을 받은 옆얼굴은 침울해 보였고, 목소리는 심각했다. 그러나 그는 금방 밝은 표정을 짓고는 말을 이었다.

"아까 그놈들한테 당한 거야, 이거."

그리고 눈 아래 퍼런 멍을 가리켰다.

"어두운 데에서 갑자기 당한 일이라서, 겨우 한 명밖에 기억 못하겠지만, 아까 그놈이 틀림없어, 그래서."

"어쩌다 그런 일을?"

내가 말했다.

"이 동네에서 우리 아버지 평판이 좋지 않거든. 우리 호텔 때문에 땅값이 올랐거나, 뭐 그랬겠지. 하기야 뭐, 엉뚱한 인간이 커다란 호텔을 지어놓고 관광객을 빼앗아 가는 거나 다름없으니까, 좋을 리가 없겠지. 당분간은 비난이 끊이지 않을 거야. 하지만 아버지나 나나 그런 건 각오하고 있어. 한 10년쯤 지내다 보면, 괜찮아지겠지."

"쿄이치하고는 관계없는 일이잖아."

나는 말했다. 그러나 그렇게 말하면서도, 그에게는 사람의 질투심을 자극하는 뭔가가 숨어 있는지도 모르겠다고 생각했다. 혼자서 애견을 데리고 여관에 머물면서, 앞으로 살게 될 동네를 유유자적 바라보고, 동네에서 제일가는 미인…… 이라고 사람들이 꼽는 여자를 단박에 애인으로 삼았다. 이제 곧 모습을 드러낼 거대한 호텔의 미래는 그의 것이다. 이 세상에는 그런 유의 사람을 그저 미워만 하는 사람도 있다. 그런 것이리라.

"걱정할 것 없어."

라고 요코 언니가 말을 꺼냈다.

"이제 곧 우리가 여기를 떠나기 때문이 아니라, 우리 엄마는 쿄이치 군이 아주 마음에 든대. 지난번에도 그런 청년이 맡아준다면 이 동네도 점점 발전할 거라고 아버지한테 말하던걸 뭐. 그리고 쿄이치 군이 묵고 있는 나카하마야 사람들만 해도, 지금은 쿄이치 군의 신분을 알게 되었을 텐데도, 쿄이치 군이나 겐고로를 다 좋아하잖아. 쿄이치 군도 여관 일을 거들고 있고. 한여름 지내면서 이렇게 친구가 많이 생겼으니까. 걱정 안 해도 될 거야. 살게 되면 금방 좋아질 거야."

요코 언니는 이런 말을 할 때면 요령도 없고, 애처로울 정도로 열심이라 오히려 듣는 사람을 감동시킨다. 쿄이치는 "응, 그렇겠지."라고만 말하고, 나는 가만히 고개만 끄덕였다. 츠구미는 계속 아무 말 없이 앞만 쳐다보았지만, 빨간 오비를 맨 등으로 하나도 빠짐없이 듣고 있다는 것을 나는 알고 있었다.

드디어 순서가 왔다. 우리는 동아줄을 흔들어 방울을 울리고, 합장했다.

불꽃놀이가 시작되려면 아직 여유가 있었다. 츠구미가, 겐고로랑 놀고 싶다고 해서 모두들 쿄이치가 묵고 있는 여관으로 갔다. 그 여관은 해변에서 가까워서 불꽃놀이가 시작되면 단박에 달려갈 수 있다.

정원에 묶여 있던 겐고로는 쿄이치를 보더니 껑충껑충 뛰면서 반가워했다. 츠구미는 달려가, 유카타 자락이 땅에 끌리는 것도 아랑곳하지 않고,

"와, 겐고로."

하고는 겐고로와 장난을 쳤다. 그런 모습을 보고는 요코 언니가,

"츠구미, 개를 좋아했었구나."

라고 말했다.

"아무도 몰랐었지."

라고 나도 웃으면서 말했다. 츠구미는 살짝 토라진 듯한 표정으로 돌아보면서,

"개는 절대 배신하지 않잖아."

라고 말했다.

"아, 나 이해할 수 있어, 그 말."

이라고 쿄이치가 말했다.

"겐고로 배를 쓰다듬어 주면서 그런 생각 하곤 해. 이 녀석, 아직 새끼니까, 죽을 때까지 내 손으로 밥 주고, 항상 같이 있을 거 아냐, 그거 굉장한 일이잖아. 무욕이랄까. 적어도 인간에게는 있을 수 없는 일이지."

"배신하지 않는다는 게 말이니?"

나는 말했다.

"……그렇다고도 할 수 있지만, 인간은 결국 새로운 것을 만나면서, 조금씩 변해 가잖아. 많은 것을 잊어버리기도 하고, 내버리기도 하고, 어쩔 수 없이 그렇게 되잖아. 할 일이 많아서겠지만."

"아아, 그런 뜻이로구나."

라고 나는 말했다.

"그런 얘기지."

라고 겐고로를 쓰다듬으면서 츠구미가 말했다. 여관 정원에는 정성스럽게 손질된 화분이 죽 놓여 있었다. 몇몇 창문에는 불이 켜져 있고, 현관 쪽에서는 축제가 벌어진 곳을 드나드는 사람들의 떠들썩한 소리와 게다 소리가 끝없이 이어지고 있었다.

"오늘, 별이 참 예쁘다."

요코 언니가 하늘을 올려다보고 있었다. 희미하게 빛나는 은하수를 중심으로, 다닥다닥 붙어 있는 별빛이 온 밤하늘에 번져 있었다.

"쿄이치 청년, 정원에 있어?"

라고 묻는 목소리가 나서 창문을 보니, 주방이었다. 여관에서 일하는 아줌마인 듯한 사람이 창문으로 얼굴을 내밀고 있었다.

"네, 있어요!"

라고 소년처럼 그가 대답했다.

"소리가 나는 걸 보니, 친구도 같이 있는 모양이로구나."

아줌마가 말했다.

"네, 세 명이오."

"다같이 이거 먹어, 자."

라면서 아줌마는 가늘게 썬 수박을 가득 담은 커다란 유리 접시를 내밀었다.

"고맙습니다. 잘 먹을게요."

라며 쿄이치는 받아들었다.

"그렇게 어두운 데서 먹지 말고, 응접실에서 먹지그래?"

"아, 예, 괜찮아요."

쿄이치가 웃었다. 우리가 잘 먹겠습니다, 하고 고개를 숙이자 아줌마는 웃으면서,

"어서들 먹어, 늘 이것저것 거들어주니까, 호텔집 아들이라도 미워할 수가 없다니까. 이 청년 얼마나 인기가 많은데. 쿄이치 청년, 호텔 다 지으면, 우리 여관으로 손님 보내는 거 잊으면 안 돼. 예약 전화 셋 중 하나는 거절하는 거야. '죄송합니다. 예약이 꽉 찼습니다. 죄송하지만 나카하마야로 하시죠.' 이렇게 말이야."

"예, 잘 알겠어요."

라고 쿄이치가 말하자, 아줌마는 웃으면서 창문을 닫았다.

"너, 할망구들한테 인기 있구나."

당장에 수박에 집어 들면서 츠구미가 말했다.

"얘는, 좀 다른 표현을 쓸 수는 없니?"

라고 요코 언니가 말했지만, 츠구미는 모른 척 땀을 흘리면서 수박을 먹었다.

"그렇게 많이 거들어주니?"

라고 내가 물었다. 여관 일을 거드는 손님이라니, 듣도 보도 못했다.

"응, 달리 할 일도 없고 해서, 그냥 하게 돼. 일손이 많이 모자라는지 아침저녁으로는 굉장히 바빠. 그 대신 개도 키울 수 있고, 이렇게 먹을거리도 얻어먹고."

쿄이치는 웃었다. 마사코 이모의 말대로, 우리가 떠나도 이 사람이 여기에 남는다면 믿음직스러울 것 같았다.

수박은 물기가 좀 많았지만 아주 엷은 단맛이 났다. 어둠 속에 앉아서, 열심히 먹었다. 손을 씻는 수돗물은 시원하고, 어두운 땅에 조그만 개울을 만들며 흘러갔다. 겐고로는 처음에 수박을 먹는 우리들을 부러운 듯 쳐다보다가, 마침내는 그 조그만 몸을 풀밭에 누이고 눈을 감아버렸다.

우리는 많은 것을 보면서 성장한다. 그리고 시시각각 변해 간다. 그런 사실을 다양한 형태로, 거듭 확인하면서 나아간다. 그래도 정지시켜 두고 싶은 것이 있다면, 그것은 오늘 같은 밤이었다. 온 사방이, 더 이상 아무것도 필요 없을 정도로, 조그맣고 고요한 행복으로 충만해 있었다.

"올여름은 최고다."

라고 쿄이치가 말했다. 그 말을 긍정하려는 뜻인지 츠구미가,

"수박 정말 맛있다."라고 말했다.

그때 갑자기, 커다란 폭음이 하늘에 울리고, 환성이 터졌다.

"불꽃놀이다."

하고 츠구미가 눈을 반짝이며 일어섰다. 올려다보니 건물 뒤에서 커다란 폭죽이 나타나, 확 퍼지는 모습이 보였다. 잠시 후면 또 터질 소리를 좇아 우리는 모래사장으로 달렸다.

거침없이 넓은 바다 위에 핀 불꽃은 마치 우주의 것처럼, 신비로워 보였다. 모래사장에 나란히 서서 우리는 거의 할 말을 잃은 채, 잇달아 하늘로 날아오르는 불꽃에 넋을 놓고 있었다.

분노

츠구미가 정말 화가 났을 때, 그녀는 싸늘하게 식어 가는 것처럼 보인다.

정말이지 화가 났을 때만 그렇다. 츠구미는 툭하면 짜증을 내고 벌겋게 달아오른 얼굴로 고함을 지르곤 하지만, 그러지 않고 상대방을 마음속 깊이 증오하는 눈빛으로 쏘아볼 때, 그녀는 전혀 다른 사람이 된다. 모든 것을 잊고 창백한 분노의 빛으로 온몸을 물들인 그 모습에 늘 나는 '온도가 높은 별일수록 빨갛지 않고 새파랗게 빛난다.'는 말을 떠올렸다. 그리고 내내 곁에 있었던 나조차, 그렇게 화를 내는 츠구미는 별로 본 적이 없다.

그러니까 아마 츠구미가 막 중학교에 들어갔을 때였나 보다. 요코 언니와 나와 츠구미는 학년은 다르지만 같은 중학교에 다녔다.

어느 날 점심시간이었다. 하루 종일 비가 내리고, 모든 것이 어두침침했다. 밖에 나갈 수 없는 우리들은 교실 안에서 놀았다. 와자지껄한 웃음소리, 복도를 뛰어다니는 소리, 외침 소리…… 빗물이 온 유리창에 폭포처럼 좍좍 흐르고, 그런 잡다한 소음이 비에 갇힌 어두운 교내에 파도 소리처럼 멀고 가깝게 울렸다.

그런데 그런 소리들에 갑자기, 유리창이 깨지는 "쨍그랑" 하는 날카로운 소리가 섞였다. 순간 교실에 울리던 모든 소리가 뚝, 끊겼다가 잠시 후, 다시 웅성웅성 소란해졌다. 테라스 쪽이야. 복도에 나가본 누군가가 말하자마자 따분해하던 우리들은 앞을 다투어 교실을 뛰쳐나갔다. 테라스는 2층 복도 끝에 있고, 유리문 밖에는 과학 시간에 기르는 식물 화분, 토끼집, 여분의 의자 등이 놓여 있었다. 아마도, 그 유리문이 깨지는 소리였나 보다고 생각하면서 나도 모두의 뒤를 따라 나갔다.

그런데 재잘재잘 모여서 떠드는 아이들 너머를 들여다본 나는 소스라칠 듯 놀랐다. 깨진 유리 파편 한가운데 츠구미가 혼자 우뚝 서 있었던 것이다.

"내가 얼마나 건강한지, 좀 더 보여줄까."

라고 츠구미가 불쑥 말했다. 거의 억양이 없는 목소리였지만 힘이 담겨 있었다. 나는 츠구미의 시선을 따라가 보았다. 그 끝에 파랗게 질린 여자 아이가 서 있었다. 츠구미와 같은 반, 츠구미와 제일 사이가 안 좋은 여자 아이였다.

무슨 일이니, 하고 나는 당황하여 주위에 있는 아이에게 물어보았다. 그 아이는, 잘은 모르겠지만 츠구미가 마라톤 선수로 뽑혔는데 그만두는 바람에 대신 저 애가 뽑혀서, 약이 올라서 점심시간에 츠구미를 복도로 불러내 뭐라고 빈정거린 모양이야, 라고 말했다. 그리고 츠구미는 아무 말 없이 의자를 던져 유리를 박살낸 것이었다.

"아까 한 말, 다시 한 번 해봐."

츠구미가 말했다. 그 아이는 대답도 못하고, 주위를 빙 두른 아이들은 마른침을 삼켰다. 아무도, 선생님을 부르러 갈 엄두조차 못 냈다. 자기가 깬 유리에 살짝 베였는지 복사뼈에 피가 묻어 있었지만, 츠구미는 신경도 쓰지 않았다. 그러고는 똑바로 상대방을 노려보고 있었다. 정말 눈빛이 무서웠다. 불량스러움이 아니라, 광기였다. 츠구미의 눈은 소리 없이 빛났고, 한없는 곳을 보고 있는 것처럼 보였다.

생각해 보면 츠구미는 그날 이후, 학교에서는 각별히 자신을 드러내지 않도록 조심하기 시작한 것 같다. 그것이, 츠구미가 등장하는 마지막 사건이었다. 그러나 그 자리에 있었던 아이들은 아마도 평생 잊지 못할 것이다. 그때 츠구미의 온몸이 발산했던 강렬한 빛, 상대가 아니면 자기 자신을 죽여버릴 수도 있는 증오의 에너지가 넘실거렸던 눈동자를.

나는 빙 둘러선 아이들 사이를 헤치고 안으로 다가갔다. 츠구미는 방해꾼을 보는 눈빛으로 나를 힐끗 보았다. 나는 그 순간, 내 안의 어딘가에서 주저하는 것을 느꼈다.

"츠구미, 그만 해 이제."

나는 이렇게 말했다. 츠구미가 말려주기를 바란다고 생각했다. 츠구미 자신도 더 이상 어떻게 해야 좋을지 모르는 것이다. 관중은 나의 출현에 더욱 긴장하였고, 나는 투우 앞에 등장한 투우사 같은 기분이었다.

"그만 가자."

츠구미의 팔을 잡은 나는, 가슴이 철렁했다. 그 눈동자는 나를 냉정하게 쏘아보고 있는데 팔은 엄청나게 뜨거웠다. 그 열은 분노에서 비롯된 것이었다. 나는 놀라입을 다물고 말았다. 그때 순간적으로, 츠구미가 내 팔을 냉담하게 뿌리쳤다. 내가 다시 츠구미의 팔을 잡으려 했을 때, 싸우던 상대 여자 아이가 몸을 홱 돌려 재빨리 도망치기 시작했다.

"앗, 기다려!"

하고 외친 츠구미를 가로막으려는 나와, 몸부림치는 츠구미의 몸싸움이 시작되려는 찰나, 계단 위로 요코 언니가 천천히 등장했다.

"츠구미, 뭐하는 거니?"

요코 언니가 우리들 쪽으로 오면서 말했다. 이제 틀렸다, 고 깨끗하게 포기한 것이리라. 츠구미는 갑자기 움직임을 멈추고는 나를 한 손으로 슬며시 밀쳐냈다. 요코 언니는 유리 조각과 빙 둘러선 아이들, 그리고 나를 차례로 둘러보고는 언짢은 듯한 표정으로,

"무슨 일 있었어?"

라고 내게 물었다. 나는 대답할 말이 없었다. 어떤 식으로 대답하든 츠구미에게는 큰 상처가 될 것 같아서였다. 츠구미의 건강 때문에 싸움이 시작되었고, 그것이 츠구미에게 얼마나 분한 일인지 잘 알고 있었다.

"응, 그냥……"

이라고 말하려는데, 츠구미가,

"아 됐어. 너희들은 관계없는 일이야."

라고 낮은 목소리로 말했다. 황량한 목소리였다. 한 조각 희망조차 남아 있는 것 같지 않았다. 그리고 츠구

미는 유리 파편을 조용히 발로 흩뜨렸고, 자그락자그락 하는 소리가 복도에 울렸다.

"츠구미……."

요코 언니가 말하자, 츠구미는 '아아, 그만 됐다니까!' 라는 식으로 머리칼을 쥐어뜯었다. 두피에서 피가 날 정도였다. 우리는 그런 츠구미를 말렸다. 츠구미는 교실로 들어가 가방을 들고 나왔다. 그리고 그대로 계단을 내려가 집으로 가버리고 말았다.

구경하던 아이들도 흩어지고, 유리 조각도 다 치워지고, 요코 언니는 츠구미의 담임선생님에게 사과하러 갔다. 나도 교실로 돌아갔다. 종이 울리자 아무 일도 없었던 것처럼 수업이 시작되었다. 그러나 내 손은 아직도 저릿저릿 뜨거웠다. 츠구미의 열이 묘한 감촉으로 손에 남아 있었던 것이다. 나는 그 저린 손바닥을 물끄러미 쳐다보면서, 츠구미의 분노가 '생명을 갖고 그녀의 몸속을 돌아다녔다.'는 것에 대해 언제까지고 생각했다.

"겐고로가 없어졌어. 아무래도 누가 잡아간 것 같아."

츠구미 있어, 라고 묻는 쿄이치의 전화 목소리가 너무도 암울하고 황급하게 들려, 무슨 일 있냐고 묻는 나에게 그는 이렇게 말했다. 순간 신사에서 마주친, 쿄이치를 미워한다던 남자들의 모습이 불길하게 머리를 스쳤다.

"왜 그렇게 생각하지?"

나는 그렇게 말하면서도 가슴속으로 초조함이 밀려오는 것을 느낄 수 있었다.

"줄이 싹둑 끊겨 있었어."

쿄이치는 일부러 침착한 목소리로 말했다.

"알았어, 금방 갈게. 츠구미는 지금, 병원에 가서 없는데, 전해 줄게. 넌 지금 어디 있는데?"

내가 물었다.

"해변 입구에 있는 전화박스."

"거기 그냥 있어, 바로 갈 테니까."

라고 말하고 전화를 끊었다.

이모에게 츠구미가 오면 말을 전해 달라고 부탁하고, 방에서 자고 있는 요코 언니를 끌어내 같이 밖으로 뛰어나가면서 사정을 설명했다. 쿄이치는 전화를 건 장소에 서 있었다. 우리를 보고는 약간 안심했는지 표정이 누그러졌지만, 눈동자는 여전히 굳어 있었다.

"흩어져서 찾아보자."

요코 언니가 말했다. 쿄이치의 모습을 보고는 상황의 무게를 이해한 것 같았다.

"응, 그럼 나는 동네 쪽으로 갈 테니까, 바다 쪽을

좀 살펴줘. 만약 겐고로를 잡아간 놈들을 찾아내도, 아무 말 하지 마. 금방 여기로 다시 돌아올 테니까."

쿄이치는 말했다.

"하도 짖어서, 이상하다 싶어서 나와봤는데 벌써 없었어, 나쁜 놈들."

그러고는 동네 쪽으로 빠져나가는 골목으로 뛰어갔다.

나와 요코 언니는 모래사장 한가운데에서 바다로 뻗어 있는 제방을 중심으로 좌우로 갈라져 겐고로를 찾았다. 벌써, 밤이 내리려 하고 있었다. 하늘에는 별이 몇 개 반짝이기 시작했고, 공기는 시시각각 몇 겹으로 파란 천을 쌓아가고 있었다. 점점 더 불안하고 초조해진 나는 큰 소리로 겐고로를 불렀다. 달리고 또 달리고, 강으로 이어지는 다리 위에서, 소나무 숲 속에서, 몇 번이나 불렀지만 짖는 소리는 들리지 않았다. 나는 울고 싶어졌다. 헉헉 숨을 토하며 멈춰 설 때마다 시야는 어두워지고, 거대한 바다는 어렴풋하게만 보였다. 만약 겐고로가 바다에 빠졌다 해도 이렇게 어두워서야 찾을 수가 없다. 그런 생각이 들자 점점 더 초조해졌다.

제방 한가운데로 돌아왔을 때, 나나 요코 언니나 땀범벅에 지칠 대로 지쳐 있었다. 다시 한 번 나뉘어서 찾아보자, 라고 얘기하면서 제방 끝에 서서 둘이 큰 소리로 겐고로를 불렀다. 모래사장도 바다도 어둠에 뒤섞인 채 하나의 공간으로 다시 태어나 우리의 조그만 손발을 완전히 감싸버린 것처럼 느껴졌다. 등대의 불빛이 규칙적으로 빙 돌아 이쪽을 향했다가 다시 저편 바다로 돌아갔다.

"이제 가자……."

라고 말한 내가 문득 모래사장 쪽을 보았을 때, 가라앉은 저녁 어둠 속에, 마치 서치라이트처럼 강렬한 불빛 하나가 동그마니, 다리를 건너 이쪽으로 오는 것이 보였다. 천천히, 모래사장을 가로지르는 확고한 걸음이었다.

"저거, 혹시 츠구미 아닐까?"

파도 소리 사이로 나는 중얼거렸다.

"뭐?"

돌아본 요코 언니의 머리칼이 바람에 휘날리며 어둠을 반사했다.

"저기, 이쪽으로 오는 빛. 혹시 츠구미 아니야?"

"어디?"

요코 언니는 눈을 찌푸리고 모래사장에서 빛나는 한 곳을 보았다.

"멀어서 잘 모르겠다."

"틀림없어, 츠구미야."

정말 나는 그런 기분이 들었다. 똑바로 걸어오는 걸

음이 틀림없는 츠구미였다. 나는 주저 없이 소리를 질렀다.

"츠구미!"

그리고 어둠 속에서 손을 휘휘 흔들었다.

그러자 멀리서 빛이 두 번, 빙빙 돌았다. 역시 츠구미였다. 그리고 불빛은 천천히 이쪽으로 돌아왔다. 제방 모퉁이까지 와서야 겨우 츠구미의 조그만 모습을 확인할 수 있었다.

다가온 츠구미는 말이 없었다. 마치 어둠을 짓찢듯 힘차게 성큼성큼 이쪽으로 왔다. 창백한 얼굴에 입술을 꼭 깨문 모습이 불빛에 어렴풋하게 드러났다. 그 눈동자를 보았을 때, 나는 츠구미가 화나 있다는 것을 알았다. 왼손에는 야마모토야에서 제일 큰 손전등이 들려있고 오른손에는 젖어서 한층 작아진 겐고로가 버둥거리고 있었다.

"찾았어?"

나는 후다닥 뛰어갔다. 요코 언니의 얼굴에도 웃음이 번졌다.

"다리 반대쪽에서."

츠구미가 말했다. 내게 손전등을 건네고, 가느다란 팔로 겐고로를 다시 꼭 껴안았다.

"허우적거리며 헤엄치고 있었어."

"나, 쿄이치 불러올게!"

라고 말하면서 요코 언니가 모래사장 쪽으로 뛰어
갔다.

"넌 나무 좀 주워 와. 불 피워서 털 좀 말려야겠다."

겐고로를 껴안은 채 츠구미는 나에게 명령했다.

"불 피웠다가 혼나면 어쩌려고. 집에 가서 난로를 꺼
내서 말리는 게 어떻겠니?"

나는 말했다.

"물이 이렇게 많은데 무슨 상관이야. 이대로 돌아가
면 내가 할망구한테 더 혼나."

츠구미는 말했다.

"나 좀 비춰봐."

나는 츠구미가 시키는 대로 손전등을 츠구미에게 비
췄다가, 놀라고 말았다. 츠구미의 푹 젖은 아랫도리에
서 콘크리트 위로 물이 뚝뚝 떨어지고 있었다.

"강 어디쯤이었는데?"

라고 나는 맥 풀린 목소리로 물었다.

"보면 알 수 있을 정도로 깊은 데였다. 이 멍청아."

츠구미는 말했다.

"알았어. 나무 주워 올게!"

라고 말하고 나는 모래사장으로 뛰었다.

처음에는 잔뜩 겁에 질려 웅크리고 부들부들 떨고만 있던 겐고로는 간신히 진정되어 모닥불 주위를 걷기 시작했다.

"이 녀석 불에 강해. 강아지였을 때부터 가족끼리 캠프 갈 때면 꼭 데리고 갔거든, 모닥불에도 익숙하고."

라고 조용하게 말하는 쿄이치의 얼굴이 불빛에 환했다.

나란히 쭈그리고 앉은 나와 요코 언니는, 고개를 끄덕였다. 아주 조그만 모닥불이었지만, 바람이 세고 싸늘한 밤에 딱 알맞은 따스함으로 어둠에 싸인 파도를 언뜻언뜻 비췄다.

츠구미는 말없이 서 있었다. 이제야 조금 마른 치맛자락이, 아직도 검은 다리에 들러붙어 있었다. 그런데도 츠구미는 불길을 물끄러미 쳐다보면서, 내가 주워 온 판자와 나무토막을 열심히 불속에 던져 넣었다. 츠구미의 눈동자가 너무 커서, 그리고 하얗게 빛나는 피부가 무서워서, 나는 말을 걸 수가 없었다.

"이제 많이 말랐다. 이 녀석."

이라고 말하고 요코 언니가 겐고로를 쓰다듬었다.

"녀석, 모레 집에 데리고 갈 거야."

라고 쿄이치가 말했다.

"뭐? 쿄이치, 아주 가는 거야?"

라고 내가 말하고, 츠구미는 깜짝 놀라 고개를 들었다.

"아니, 잠시 들러서 녀석만 두고 올 거야. 이런 일까지 생겼으니까, 여관에 그냥 놔두기가 걱정스러워서."

라고 쿄이치가 말했다.

"그런데 왜 모렌데?"

요코 언니가 물었다.

"부모님이 여행을 떠나셨는데, 모레 돌아오시거든."

쿄이치가 말했다.

"그럼, 겐고로를 뒷집 포치하고 같이 헛간에다 맡아 달라고 하자. 그럼 내일모레까지 안심할 수 있잖아."

요코 언니가 말했다.

"아, 그게 좋겠다."

나도 말했다.

"응, 그렇게 해주면 나도 안심이지."

라고 쿄이치가 말했다. 모닥불을 둘러싸고 앉아 있던 우리들의 마음이 그제야 겨우 누그러지고 따뜻해졌다.

"츠구미, 아침에 부르러 갈 테니까, 같이 산책하러 가자. 개들이 한곳에 있으니까 편하잖아."

쿄이치가 서 있는 츠구미를 올려다보며 그렇게 말했다.

"응."

이라고 대답하고 츠구미는 희미하게 웃었다. 불빛을
받은 하얀 이가 살짝 보였다. 츠구미는 긴 속눈썹 그림
자를 두 볼에 떨어뜨리고, 어린애처럼 조그만 손으로
불을 쬐면서 어둠 속에 서 있었다. 그런데도 나는, 츠
구미가 아직도 화가 나 있다, 고 생각했다. 츠구미는
지금, 난생처음으로 자기가 아닌 다른 것을 위해 화를
내고 있고, 그것은 어딘지 모르게 신성한 모습이었다.

　"다음에 또 이런 일이 있으면."

　이라고 츠구미가 말했다.

　"이사한 다음에라도 이런 일이 생기면 돌아와서, 그
놈들 죽여버릴 거야."

　그런 말을 하는데도 츠구미의 눈동자는 여전히 투명
하고, 표정도 온화했다. 너무도 평범한 말투라서, 우리
들은 모두 잠시 뭐라 말을 할 수가 없었다.

　"응, 그래, 츠구미."

　라고 겨우 쿄이치가 말했다. 츠구미, 라고 말하는 울
림이 파도에 섞여 사라지는 것을 듣고 있었다. 밤은 깊
어가고, 별이 총총하게 빛났다. 우리들은 집에 연락도
하지 않고, 그 자리를 떠나기 아쉬워하며 제방 끝에 있
었다. 모두가 한결같이 겐고로를 사랑했고, 무엇과도
바꿀 수 없다고 생각했다. 그런 마음을 아는지 겐고로
는 코를 킁킁거리며 한 사람 한 사람의 무릎에 발을 얹

어놓기도 하고, 얼굴을 핥기도 하면서 자기 몸을 덮쳤던 끔찍한 일을 조금씩 잊는 것 같았다. 바람이 세서 몇 번이나 모닥불이 크게 흔들리면서 꺼질 뻔했다. 그럴 때마다 츠구미는 마치 쓰레기를 버리듯 아무렇게나 나무를 던져 넣었고, 그러면 또 불길이 활활 타올랐다. 타닥타닥 불똥이 튀는 소리가 파도 소리와 바람 소리에 섞여, 등 뒤의 캄캄한 어둠 속으로 빠져나가는 것 같았다. 바다는 한없이 검고, 매끄러운 파도를 해변으로 밀어내고 있었다.

"네가 무사해서 정말 다행이다."

라며, 또 출랑거리며 무릎 위로 올라온 겐고로의 자그마한 몸을 안아 올리고 요코 언니가 일어섰다. 긴 머리칼이 바람에 흩날리고, 요코 언니는 먼 바다를 쳐다보며 말했다.

"바람이 차다, 가을이 오려나 봐."

여름이 끝난다.

그 생각에 우리들은 잠시 말을 잃었다. 이대로 츠구미의 옷이 마르지 않기를, 불길이 사그라지지 않기를, 하고 순간적으로 기도했다.

다음 날 쿄이치는, 겐고로를 끌고 간 남자들 중 한 명을 동네에서 찾아내, 신사로 끌고 가 신나게 패주었

노라고 알려주러 왔다. 그 역시 상처투성이였지만 츠구미는 그 얘기에 반색을 하였고, 나와 요코 언니는 그의 상처를 대충 치료해 주었다. 그리고 겐고로는 포치와 함께 뜰에서 사이좋게 잠들었다.

앞으로 하루면, 겐고로는 집으로 돌아갈 수 있었다. 딱 하루면⋯⋯.

그런데 그 밤, 겐고로는 다시 어디론가 끌려가고 말았다. 우리는 모두 밖에 나가 있었고, 마사코 이모가 개 짖는 소리를 듣고 달려 나가보니, 나무문이 열려 있고 겐고로만 없었다고 한다. 혼자 남은 포치가 쇠사슬을 차르륵차르륵 끌면서 요동을 부리고 있었다고 한다.

우리는 이번에야말로 울상이 되어 온 해변을 찾아다녔다. 넷이서 한밤중까지 온 해변을 샅샅이 뒤지고, 보트를 타고 나가 바다에서도 찾고, 친구들에게 부탁하여 강이며 온 동네며 찾아다녔다.

그러나 두 번째 행운은 없었다. 끝내 겐고로는 돌아오지 않았다.

구멍

"내가 여기 떠나기 전에 돌아올 거지?"

츠구미가 얼어붙은 눈동자로 쿄이치를 쳐다보면서 말했다. 사람들이 눈물이 흐르지 않도록 애써 짓는, 이 세상에서 가장 슬픈 표정이다.

쿄이치는,

"그래. 2, 3일 있다 올 거야."

라며 웃었다. 늘 겐고로와 함께였던 그가 해변에 있으면, 마치 한 팔이나 한 다리를 잃은 사람처럼 균형이 일그러져 보였다. 그는 낯선 이 고장에서, 한 팔이나 한 다리와 다름없는 것을 잃은 것이다.

"정말이지? 어린애도 아니니까, 설마 부모님 곁을 못 떠나는, 그런 일은 없겠지?"

츠구미가 말했다.

저녁 바다가 태양빛에 황금색으로 물들어 있었다. 항구로 가는 바닷가 제방길, 둘이서 그런 얘기를 나누며 나란히 걸어가는 뒷모습을 요코 언니와 함께 지켜보며 걸었다. 쿄이치를 배웅하는 요코 언니는 벌써부터 눈물이 뚝뚝 떨어질 듯한 표정이고, 나는 왠지 멍하게, 살랑살랑 불어대는 가을바람을 두 볼로 느끼고 있었다.

나도 다음 주에는 도쿄로 돌아간다.

올여름에도 이렇게 눈부심으로 가득하고, 그 잔광이 서쪽 수평선을 반짝반짝 비추며 아낌없이 저물어가는 바다를 몇 번이나 보았던가.

항구는, 몇 분 후면 도착할 오늘의 막배를 기다리는 사람들로 북적거렸다. 쿄이치는 묵직한 가방 위에 앉아 츠구미를 불러다 곁에 앉혔다. 나란히 앉아 먼 바다를 바라보는 두 사람의 뒷모습은 주인을 기다리는 개처럼 왠지 모르게 허전하고, 맥이 없어 보였다.

눈앞에서는 가을을 알리는 날카로운 파도가 층층이 빛나고 있었다. 이 계절의 바다를 보면 늘 가슴이 죄어드는 듯한 감상을 느끼는데, 올해는 예상치 못한 고통이 마음을 쿡쿡 찔렀다. 나마저 이 헤어짐에, 관자놀이를 꾹꾹 누르고 발치에 있는 낚싯밥을 바다로 걷어차면서 눈물을 참고 있었다.

츠구미가 집요할 정도로,

"언제 올 거야?"

라느니,

"전화 걸 틈 있으면 하루라도 빨리 전철 타. 알았어?"

라느니, 그런 말만 하는 소리가 너무도 애처로웠다. 츠구미의 투명한 목소리가 파도 소리와 겹치면서 신비롭고 아름다운 음색을 빚어내는 것 같았다.

"헤어져 있다고 해서, 조금이라도 잊으면 안 돼."

중얼거리듯 또, 츠구미는 말했다.

앞바다에서 똑바로 파도를 헤치며 배가 다가왔다. 늘 그렇듯. 츠구미는 일어서고, 쿄이치는 가방을 어깨에 메고,

"그럼."

이라며 우리 쪽을 보았다.

"아 참. 마리아는 이제 도쿄로 올라간다면서? 혹시 엇갈릴지도 모르겠다. 또 만나자. 우리 호텔 다 지어지면 놀러 와."

"응, 싸게 해주면."

이라 말하고 나는 악수를 청했다.

"물론이지."

여름 친구는 그렇게 말하면서 뜨거운 손으로 내 손을 잡았다.

"쿄이치, 나하고 결혼해서, 호텔 정원에다 온통 개를 풀어놓고 '개들의 궁전'이라고 부르자."

츠구미가 천진한 목소리로 말하자,

"……생각해 볼게."

라며 쿄이치는 쓴웃음을 지었다. 그리고 거의 울먹이는 요코 언니에게 악수를 청하고는,

"신세 많이 졌어요."

라고 말했다.

배와 뭍을 잇는 사다리가 놓여지고, 사람들이 줄지어 건너가기 시작했다. 쿄이치는,

"자, 금방 다시 만나자."

라면서 츠구미를 보았다. 그 순간 츠구미는,

"악수하자고 하면 때려죽일 거야."

라고 말하고는 쿄이치의 목을 와락 껴안았다.

그것은 순간의 일이었지만, 츠구미는 쏟아지는 눈물을 닦으려고도 하지 않고 쿄이치를 배 쪽으로 밀어냈다. 쿄이치는 아무 말도 못하고 츠구미를 가만히 쳐다보고는, 줄의 끝을 따라 배에 올랐다.

기적 소리와 함께 배는, 점차 경계가 애매해지는 바다와 하늘을 향해 천천히 움직이기 시작했다. 갑판에

선 쿄이치는 끝없이 손을 흔들었다. 츠구미는 쭈그리고 앉아 손도 흔들지 않고, 떠나가는 배를 바라보았다.

"츠구미."

배가 완전히 시야에서 사라졌을 즈음, 요코 언니가 말을 걸었다.

츠구미는 "의식 끝."이라면서, 멀쩡한 얼굴로 일어섰다.

"치, 개 한 마리 죽은 걸 가지고 집에 가다니. 뭐라 뭐라 큰소리 쳐봤자, 결국은 우리 모두 열아홉 살 철부지 어린애야. 요컨대 어린애들의 여름 방학인 거지."

딱히 누구에게 하는 말도 아닌 그 중얼거림은, 그 시절 내가 막연하게 생각하던 것을 정확하게 짚어내고 있었다. 나는,

"그래."

라고 대꾸했다.

그러고서 영화의 마지막 장면처럼, 우리 셋은 침묵한 채 항구 끝에 서서, 먼 바다를, 완전히 기운 저녁 해가 비치는 하늘을 바라보았다.

닷새가 지나도 쿄이치는 돌아오지 않았다. 츠구미는 전화가 걸려와도, 화를 내며 끊어버리는 눈치였다.

내가 방에서 리포트를 쓰고 있는데, 노크 소리가 나

면서 요코 언니가 들어왔다.

"왜, 무슨 일 있어?"

나는 말했다.

"아니, 츠구미가 요즘, 밤마다 어디 가는지 아나 해서."

라고 요코 언니가 말했다.

"지금도 없어."

"산책하러 나간 거 아닐까?"

나는 말했다. 쿄이치가 떠난 후부터 짜증만 내고 안절부절못하는 츠구미는 요즘도 엄청 저기압이다. 가엾어서 신경을 쓰는 나한테 오히려 화풀이를 해대는 통에 그냥 내버려두었던 것이다.

"포치는 그냥 있는데."

요코 언니가 걱정스러운 표정으로 말했다.

"그래?"

나는 고개를 갸웃했다. 츠구미의 행동은 늘 오리무중이지만, 이번에는 짚이는 데가 있었다.

"기회 있으면 물어볼게."

내가 말하자 요코 언니는 고개를 끄덕이며 나갔다.

왜 모두들 츠구미의 본성을 이해하지 못하는 것일까? 일부러 풀이 폭 죽은 척하는 츠구미를, 쿄이치도 요코 언니도 그대로 믿었다. 슬픔이 증오를 이긴 것처럼, 츠구미는 훌륭하게 연기했다. 하지만 츠구미가, 사랑하는 개가 살해당했는데 그냥 가만있을 리가 없다. 복수다. 그 때문에 나돌아다니는 것이다. 몸도 약한 주제에, 정말 철부지라니까! 하고 나는 순간적으로 부아가 치밀었지만, 요코 언니에게는 말할 수 없었다.

드디어 츠구미가 돌아온 모양이다. 옆방에서 부스럭거리는 소리가 났다. 그리고 이어서 개가 깨갱거리며 우는 소리도 들렸다.

나는 츠구미의 방에 가서, 장지문을 열면서 말했다.

"무슨 짓이야? 포치 데리고 들어온 거니? 이모한테 혼나려……"

놀란 나는 말을 잇지 못했다. 물론, 죽은 겐고로는 아니었지만, 똑같은 종류의 개였다. 가슴이 철렁할 정도로 비슷했다.

"뭐니, 그 개는?"

나는 말했다.

"어어, 빌려왔어. 금방 돌려줄 거야."

츠구미는 웃었다.

"개가 그리워서."

"거짓말 마."

그 말만 하고는 츠구미 옆에 앉아 개를 쓰다듬으면서

정신없이 머리를 굴렸다. 오랜만에 느끼는 감촉이었다. 이런 유의 신경전에서 느껴지는. 이런 때, 무슨 꿍꿍이 속인지 알아맞히지 못하면, 츠구미는 그대로 입을 닫아 버린다.

"일단은 그 개를 그 자식들한테 보이게 하려는 거지, 너?"

"음, 나이스. 역시 넌 영리해."

츠구미는 슬쩍 웃으며 말했다.

"너하고 떨어져 지내면, 사람 마음도 모르는 멍청이들뿐이라서 내가 피곤하다니까."

"네 마음을 누가 알겠니."

나는 웃었다.

"오늘 밤 일, 듣고 싶어?"

개를 안아 올리며 츠구미가 물었다.

"그래, 듣고 싶다."

나는 츠구미에게 바싹 다가갔다. 이런 때 우리는 몇 살이든, 어린애로 돌아가 비밀을 나눈다. 밤의 밀도가 갑자기 높아진 듯하고 가슴이 두근거린다.

"요즘 그 애송이 같은 놈들이 어떤 패거린지, 계속 조사했었어. 밤에 나, 없었잖아?"

"그래서?"

"별거 없어. 늙어 보였는데 고등학생이더라고. 이 동

네 불량 학생인 거지. 옆 동네 술집에 모여 있었어."

"츠구미 너, 가봤어?"

"응, 오늘 밤에. 손이 다 떨리더라."

그렇게 말하고 츠구미는 자기 손바닥을 보여주었다. 떨지는 않았지만, 하얗고 조그만 손이었다. 나는 애틋한 마음으로 그 손바닥을 쳐다보고, 츠구미의 얘기를 계속 들었다.

"나 이 녀석 안고, 계단을 올라갔어. 술집이 2층이었거든. 그 자식들 비열한 쓰레기지만, 자기 손 더럽혀 가면서 개를 죽일 용기까지야 있을 리 없지. 아마 겐고로를 바다에 집어던지고는, 돌이나 뭐 그런 걸 매달았다고 해도 말이야, 죽었는지 어쨌는지 나중에 확인해 보지도 않았을 거야."

겐고로를 생각하자, 지금도 화가 나기에 앞서 눈앞이 캄캄해졌다.

"보이기만 해도 충분했어, 이 녀석을. 하지만 손님이 많으면 곤란하고, 쫓아오면 끝장이잖아? 그래서 문 열 때는 정말 얼마나 겁이 나던지. 그래도, 했어. 다행히, 카운터 자리에 한 명밖에 없었는데, 틀림없이 낯이 익은 놈이었어. 나하고 개를 번갈아 보더니, 눈이 휘둥그레지기에, 눈에 힘주고 노려봤지. 그러고는 잽싸게 돌아서서 문을 쾅 닫고 계단을 뛰어 내려왔어. 하지만 뛰어서 도망쳐 봤자 어차피 붙잡힐 것 같아서, 계단 뒤에 몸을 숨기고 있었지. 놈이 문을 열었다가 다시 닫고는 끝이었으니까 그나마 다행이었지. 그동안 얼마나 다리가 후들거렸는지."

"꽤 스릴 있는 모험이었네."

"응, 열이 다 나더라."

츠구미는 자랑스럽게 웃었다.

"어렸을 때는 매일 이 정도의 위기를 느끼며 살았던 것 같은데, 타락한 건가?"

"타락이고 뭐고. 몸도 약한데 담력 테스트하고 같은 수준으로 생각하지 마."

나는 말했다. 츠구미가 얘기를 해주어 조금은 안심이 되었다.

"이제 자야겠다."

츠구미는 이불 속에 파고들면서 말했다.

"이 녀석 밖에다 좀 묶어줄래? 포치 있는 데에다 묶어 놓으면 또 당할지도 모르니까, 베란다 밑이 좋겠다."

츠구미는 몹시 피곤해 보였다. 나는 고개를 끄덕이고 개를 안고 일어섰다. 그 조그만 머리에 코를 묻고,

"겐고로 냄새가 난다."

라고 나도 모르게 말하고 말았다. 츠구미도 조그만 소리로, 정말, 이라고 말했다.

캄캄한 방에서 깊이 잠들어 있었다.

꿈을 꾸면서, 멀리서 무슨 소리가 난 듯한 느낌이 들었다. 끙, 하고 장지문 쪽으로 몸을 뒤척이자, 그 소리가 흐느끼는 울음소리와 함께, 타닥, 타닥 계단을 올라오고 있었다.

어둠에서 밀려온 그 소름 끼치는 비현실적 감각에 나는 그만 눈을 뜨고 말았다.

의식이 분명해지면서 그 소리가 점점 더 이쪽으로 다가오는 것을 알 수 있었다. 나는 내가 어디에서 눈을 떴는지, 순간 악몽처럼 분간이 안 갔다. 잠깐 사이에 눈이 익어, 내 손발과 하얀 이불보가 희미하게 떠올랐다.

그리고 장지문이 열리는 소리.

츠구미의 방이다. 나는 서둘러, 그리고 이번에는 진짜 눈을 뜨고 일어섰다. 목소리가 들렸다.

"츠구미."

요코 언니의 목소리였다. 나는 내 방에서 나와, 어두운 복도에서 츠구미의 방을 보았다. 장지문이 열려 있고, 안에 요코 언니가 서 있었다.

츠구미의 방에는 달빛이 잘 들어온다. 츠구미는 절반쯤 몸을 일으키고 있었고, 그 부릅뜬 눈이 어둠에 하얗게 빛났다. 그리고 그 시선 앞에, 온몸이 흙투성이인 요코 언니가 츠구미를 쳐다보면서 몸을 떨며 딸꾹질을 하고 있었다. 츠구미는 그 딸꾹, 딸꾹 하는 소리에 잔뜩 겁을 먹은 듯한 표정으로 꼼짝도 하지 않았다.

"요코 언니, 대체……."

나는 말했다. 혹시 그 남자 아이들한테 기습을 당한 것은, 하고 끔찍한 상상을 했다. 그러나 요코 언니는 나직한 목소리로 말했다.

"츠구미, 내가 뭘 하고 왔는지, 알고 있겠지?"

그러자 츠구미는 아무 대꾸 없이, 천천히 고개만 끄덕였다.

"그런 짓 하면 안 되는 거야."

요코 언니는 그렇게 말하고, 흙 묻은 손으로 얼굴을 닦았다. 멈추지 않는 딸꾹, 딸꾹 하는 소리 때문에 말이 끊기는데도, 열심히 이렇게 말했다.

"그러면, 살아갈 수가 없어."

나는 무슨 소린지 도무지 알 수가 없었다. 그저, 불도 켜지 않고 그렇게 마주하고 있는 자매를 보고만 있었다. 츠구미는 눈을 착 내리깔고, 쿄이치를 흉내 내는 것인가, 베개 밑에 깔아둔 예쁜 타월을 확 잡아당겨, 요코 언니에게 내밀었다.

"……미안해."

츠구미가 사과를 하다니 보통 일이 아닌가 보다, 하고 나는 숨을 삼켰다. 요코 언니는 보일락 말락 고개를 끄덕이고는 타월을 받아들고, 눈물을 닦으면서 방을 나갔다. 츠구미가 후다닥 이불 속에 파고드는 것을 보고는, 뭘 어떻게 해야 좋을지 모르는 나는 계단을 내려가는 요코 언니를 따라갔다.

"무슨 일 있었어?"

라고 묻는 목소리가 어두운 복도에 크게 울려, 당황한 나는 목소리를 낮췄다.

"괜찮아?"

"응, 괜찮아."

라고 대답하며 요코 언니는 미소 지었……는지 어쩐지 어두워서 잘 보이지 않았지만, 그런 따스한 기운이 어둠을 타고 전해졌다. 그리고 말했다.

"너, 츠구미가 그 개를 어디에다 썼다고 생각하니?"

"뭐? 내가 아까 베란다에 묶어 놓았는데."

"마리아, 네가 속은 거야."

요코 언니는 그렇게 말하면서 피식 웃었다.

"츠구미, 밤마다 뭘 했는지, 알았어."

"정찰 다닌 거 아니야?"

라고 말하고서야 퍼뜩 생각이 스쳤다. 츠구미면, 옆동네 술집 정도는 전화로도 얼마든지 조사할 수 있다.

"구멍을 파고 있었어."

요코 언니가 말했다.

"뭐, 구멍?"

요코 언니는 또 소리를 지르고 만 나를 자기 방으로 데리고 갔다.

겨우 불빛이 있는 곳으로 들어서자, 방금 전 어둠 속에서 있었던 일이 모두, 어질어질 꿈만 같았다. 요코 언니는 역시 온몸에 흙을 묻히고 있었고, 얼른 목욕부터 해, 라고 말하는 나에게, 아니야, 좀 들어봐. 나, 모험했어, 하고는 구멍 얘기를 시작했다.

"굉장히 깊더라고, 구멍이. 어떻게 팠을까, 흙은 어디다 갖다 버렸을까. 매일 밤, 우리 모두 잠든 후야, 틀림없어. 그리고 아침이 되면 튼튼한 나무판자를 올려놓고 흙을 덮고……. 나, 정신없이 자고 있었어. 그런데 갑자기 눈이 떠지는 거야. 왜 그랬나 싶어서 귀를 쫑긋하고 있었더니, 언뜻 신음소리가 들린 것 같았어. 너무너무 무서웠지만, 내가 잘못 들은 것일 수도 있고…… 그런데 아무래도 소리가 마당 쪽에서 나는 거야. 그래서 나, 내려가 봤어. 그런 스릴 있는 일, 해보고 싶어지잖아. 뒷문을 열고…… 캄캄한데, 손으로 더듬더듬 더듬으면서 나갔는데, 아무래도 우리 집이 아닌 거야. 뒷집이었어, 포치가 있는. 혹시 강도가 들어서 묶여 있는 것은 아닐까 하고도 생각했는데, 그렇다면 포치가 짖을 테고…… 그런 생각을 하면서 아무튼 포치를 보려고 문을 열고 가봤어. 마당에 들어서는 순간, 왜 캄캄하면 냄새가 더 잘 느껴지잖아? 그런데 여느 때보다 흙냄새가 짙게 나는 거야. 그것도 새 흙냄새. 고개를 갸우뚱하고 서 있는데, 신음 소리가 들렸어. …… 흙 속에서. 설마 싶어서, 땅에다 귀를 대고 몇 번이나 확인을 했지. 점점 눈이 어둠에 익으면서, 잘 살펴보니까 포치 옆에 겐고로가 있잖아. 얼마나 놀랐는지. 하지만 찬찬히 보니까 미묘하게 색도 다르고, 게다가 두 마리 다 입에 재갈 같은 게 물려 있었어. 어쩌면 좋을지도 모르겠고, 뭐가 어떻게 된 건지도 모르겠어서, 아무튼 손전등을 가져와서 땅을 비춰봤어. 그랬더니 개집바로 앞만 흙이 다른 걸 알겠더라고. 이번에는 부삽을 가져와서 정신없이 땅을 파봤지. 두꺼운 판자가 나오는 거야. 부삽 끝으로 툭툭 두드려봤더니, 안에서 신음 소리가 났어. 그 다음에는 뭐 필사적이었지. 두 손으로 판자를 확 걷어내고, 안을 비춰봤더니, 아주 비좁고 깊은 구멍 속에, 남자 애가 있는 거야. 얼마나 무서웠는지 알아? 입에는 테이프가 붙어 있고, 이마에는 피가 묻어 있고, 흙 범벅이 된 두 손을 위로 번쩍 든 채로. 겐고로를 잡아간 패거리라는 것을 알았을 때, 츠구미의 얼굴이 떠올랐어. 츠구미 짓이라는 것을 금방 알 수 있었지. 그 남자 애를 끌어내는 게 또 얼마나 힘들었는지, 손은 닿는데 몇 번이나 주르륵 미끌어졌어. 그 정도로 깊어. 나도 이렇게 흙투성이가 됐지만, 아무튼 구해 내서 테이프를 뜯어주었어. 그랬더니 아직 어린애더라고. 기껏해야 고등학생이야. 당장이라도 울음을 터뜨릴 것 같은 얼굴에, 둘 다 지쳐서 말도 못하고, 그냥 땅바닥에 철퍼덕 앉아 있었어. 물론, 서로 할 말도 있을 리 없지만. 나, 츠구미를 생각했어. 어렸을 때 일부터 쭉. 그러니 정말 슬퍼지고, 캄캄한 마당에서, 츠구미가 파놓은 깊은 구멍을 보고 있으려니까, 눈물이 멈추지 않는 거야. 내가 그렇게 멍하고 있으니까, 그가 비칠비칠 나무문을 밀고 나가버렸어. 나, 이 구멍을 어떻게 해야겠다는 생각에, 일단은 다시 판자를 얹고 흙을 덮고…… 그리고 돌아온 거야."

애기를 끝낸 요코 언니는 갈아입을 옷을 들고 목욕탕으로 내려갔다. 여러 가지 일로 머리가 뻐근해진 나는 멍한 표정으로 다시 내 방으로 돌아갔다. 츠구미 방 앞을 지날 때, 들어갈까 말까 망설이다가, 그만두었다.

어쩌면 그 모든 것이 분해서 츠구미가 울고 있을지도 모른다고 생각한 것이다.

츠구미는 어중간한 짓은 절대로 하지 않는다. 오늘

밤 그녀가 한 짓이 얼마나 가공할 일인지, 생각만 해도 어지러웠다.

아무도 모르게 츠구미는 매일 밤, 한밤중에 구멍을 판 것이다. 흙을 운반하고, 사람들 눈을 피해 가면서, 남의 집 마당에다 구멍을. 그리고 한편으로는 겐고로를 닮은 개를 찾아 온 동네를 헤매고 다녔다. 좋게 말해서 빌려왔을 수도 있고, 아예 사버렸을지도 모른다. 그리고 오늘 밤의 모험을 적당히 둘러대 나를 속이고, 베란다에 개를 묶어 놓게 하여 안심시켰다. 제일 의심이 많고 눈치가 빠른 사람이 바로 나니까. 그리고 츠구미는 마당에 나가, 침입자에게 짖지 않도록 두 마리 개의 입을 막고, 다른 사람이 빠지지 않도록 덮어둔 그 판자를 걷어내고 얇은 신문지 같은 것을 올려놓고 진짜 함정을 만들었다. 만약 그들이 한꺼번에 우르르 몰려오면 츠구미의 계획은 허사가 되었을 것이다. 어쩌면 패거리들 중 한 명이, 혼자 있는 때를 노려 술집에 갔을지도 모른다. 쫓아올지 안 올지 모르는 그를 기다리며, 츠구미는 한밤에 망을 본 것이다. 그리고 어쩌면 그것은 오늘 밤이 아닐 수도 있다. 그리고 다행히 그는 혼자서 왔다. 분명히 죽었는데, 겐고로가 정말 아직 살아 있는지를 확인하기 위해서. 츠구미는 기회를 살펴 뒤에서 살금살금 다가가, 뭔가로 머리를 후려친다. 그리고 상대가 놀라 허둥대는 사이에 입을 테이프로 막고, 구멍에 떨어뜨린다. 판자를 올려놓고, 흙을 덮고, 방으로 돌아온다.

정말 그런 일이 가능할 수 있는지 나는 알 수 없었다. 그러나 츠구미는 해냈다. 요코 언니가 눈치를 챈 것만 제외하고는, 모든 것을 계획대로 실행에 옮겼다. 모르겠다. 그 치밀함으로 덧칠된 집념의 에너지가, 어디에서 와서 어디를 향하는지 전혀 알 수 없었다.

나는 이불 속에서, 잠을 이루지 못하고 그런 생각을 하고 있었다. 아침이 머지않은 시각, 창밖 동쪽 하늘이 내 마음 탓인지 뿌옇게 밝아오고 있었다. 나는 끝내 일어나, 아직도 어두운 바다를 바라보았다. 그런데 거기에 분명히 있어야 할 바다는, 아직도 짙푸른 어둠에 잠겨 뻥 뚫린 것처럼 보였다. 졸린 머릿속으로 그 광경이 번지면서,

'츠구미는, 자기 목숨을 걸었던 거야.'

라는 생각, 요코 언니는 벌써 감지했을 그 생각이 이제야, 놀라움과 함께 머리를 스쳤다. 쿄이치보다도, 미래보다도, 그녀는 그렇게 하고 싶었던 것이다. 츠구미는 사람을 죽이려 했다. 자기 체력의 한계를 이미 넘어선 작업 끝에 상대가 죽는다 한들, 자신의 소중한 개의 죽음보다 무겁지 않다고 굳게 믿고서.

아까 밤에 만났을 때, 모험을 얘기하던 츠구미의 유난히 들뜬 모습이 몇 번이나 되살아났다. 츠구미는 조금도 변하지 않는다. 쿄이치를 만나 연애를 한 것도, 우리들과 함께 보낸 세월도, 이사하면 시작될 새로운 나날도, 포치도, 츠구미의 마음에 아무런 변화를 가져다주지 못했다. 그녀는 어렸을 때부터 조금도 변하지 않고, 혼자만의 세계 속에서 살고 있는 것이다.

……그렇게 생각할 때마다 겐고로를 꼭 닮은 개를 안고 있던 츠구미의 웃는 얼굴이, 따스한 햇살처럼 밝게 마음을 가로질렀다. 아아, 그 장면은 한 점 얼룩 없고, 정말 눈부셨다.

그림자

"진짜로 죽이려고 했겠어? 너도 좀 혼이 나보라고. 그냥 겁주려고 그런 건데, 괜히 꺅꺅 소란을 피우고. 정말 소심한 인간들이네."

라고 나와 요코 언니를 비아냥거리는 츠구미의, 사람을 바보 취급하는 그 눈을 곧 볼 수 있으리라 생각했다.

그리고 기다렸다.

그러나 츠구미는 곧바로 입원하고 말았다. 발열, 신장 기능 저하, 과로로 인한 체력 저하, 아무튼 온갖 것이 한꺼번에 '작업'을 끝낸 츠구미의 몸을 덮쳐, 그녀를 거꾸러뜨렸다.

누구든 그 정도 힘든 일을 하면 이렇게 되는 게 당연하지, 하고 나는 어처구니없는 심정으로, 끙끙 신음하면서 택시에 오르는 츠구미를 배웅하였다.

바보. 나 이제 돌아가야 하는데.

나는 생각했다.

열이 올라 새빨개진 얼굴을 잔뜩 찌푸리고 괴롭게 잠든 츠구미의 얼굴에 가슴이 찡해지면서, 얄미운 감정마저 들끓었다.

더 많이 얘기를 나누고 싶었는데, 개 데리고 산책하면서 바다에서 헤어질 생각이었는데.

그런, 이제 어쩔 수 없는 일들이 하나하나 나를 슬프게 만들었다. 같이 택시에 오르면서, 마사코 이모가 중얼거리듯 말했다.

"이런, 멍청이."

그 순간, 나는 움찔 놀랐는데, 갈아입을 옷가지와 타월을 꺼안고 나를 올려다본 이모의 눈동자는 '늘 이 모양'이라는 식으로 미소 짓고 있었다.

나도 미소로 답하고, 손을 흔들었다. 택시는 가을 햇살 속으로 달려갔다.

쿄이치가 돌아온 것은, 츠구미가 입원한 다음 날이었다.

불려 나와, 우리는 밤바다에서 만났다.

"병원에 다녀왔어?"

뭐라 말을 꺼내야 좋을지 모르는 나는, 그렇게 말했다. 어둠에 메아리치는 파도 소리 속에 둘이 서 있는데, 굵은 빗방울 섞인 거센 바람이 몰아쳤다. 멀리 배의 불빛이 번져 보였다.

"응, 그런데 너무 힘들어하는 것 같아서 오래 있지는 못했어. 별다른 얘기도 못했고."

쿄이치는 말했다. 어두운 바다를 똑바로 쳐다보면서, 제방 블록에 다리를 걸치고 앉아 있었다. 무릎 위에 모은 두 손이 하얗고, 커다랗게 보였다.

"츠구미, 무슨 짓 꾸미고 있었지?"

쿄이치는 말했다.

"하지만 막을 수가 없었어. 츠구미, 시치미 떼는 데는 명수니까, 의심하는 쪽이 괜히 죄짓는 것 같은 기분이 들게 몰아가잖아."

나는 웃었다. 그리고 구멍 얘기를 했다. 요코 언니가 눈물을 흘리며 했던 얘기를.

쿄이치는 잠자코 듣고 있었다. 내 목소리는 파도 소리와 겹쳐 어둠과, 몰아치는 바람과, 볼을 때리는 차가운 물방울 속에 또렷하게, 츠구미의 그림자를 부각시켰다. 마치 여기저기 바다를 장식하는 배의 불빛처럼, 츠구미의 행동을 말로 얘기하면 할수록 더욱, 츠구미의 생명의 빛이 지금 바로 여기에 있는 듯 강렬하게 얘기

곳곳에서 빛나기 시작한다.

"츠구미 녀석, 그런 괴짜도 없을 거야."

다 듣고는, 웃음을 참으면서 쿄이치가 말했다.

"구멍이라고? 참 무슨 생각을 하는 건지."

"정말 그렇지."

나도 웃었다. 그때는 흥분한 상태였고, 요코 언니한테 미안한 기분도 들어서 그렇게 생각지 못했는데, 다시 생각하면 그 직선적이고 어딘가 모르게 뒤틀린 방법이 너무도 츠구미다워 웃음이 나왔다.

"나 말이지, 츠구미를 생각하다 보면, 나도 모르게 거대한 것을 생각하곤 해."

쿄이치가 고백하듯 불쑥 그렇게 말했다.

"나도 모르는 사이에, 생각이 턱없이 커다란 것과 연결돼. 인생이니, 죽음이니 그런 것하고 말이야. 그렇다고 츠구미가 몸이 약해서 그런 건 아니야. 그 눈을 보고 살아가는 모습을 보다 보면, 왠지 모르게 엄숙한 기분이 들어."

나는 그런 기분을 충분히 이해할 수 있었다. 싸늘하게 식은 몸 한가운데로 쿄이치의 생각이 관통하여 가슴이 뜨거워졌다.

츠구미란 존재 그 자체만으로도 뭔가 커다란 것과 맞닿아 있는 것이다.

어둠 속에서 나는 다시금 확신하고 말했다.

"이 여름은 너무 즐거워서, 순간이었던 같기도 하고, 아주 긴 시간이었던 같기도 하고, 이상한 기분이야. 쿄이치가 함께해 주어서 더욱이. 츠구미도 정말 즐거웠을 거야."

"츠구미, 별일 없겠지."

쿄이치가 말하고, 나는 힘주어 고개를 끄덕였다. 윙윙거리는 바람 소리와 드높은 파도 소리에 서 있는 발밑이 위태로워지는 느낌이었다. 밤하늘에 총총히 밝은 별을, 헤아리듯 가만히 올려다보았다.

"늘, 툭하면 입원하곤 했으니까."

내 목소리마저 어둠에 녹아들었다. 바다를 쳐다보는 쿄이치의 눈빛이, 바람에 날려가 버릴 것처럼 허망했다. 지금까지 보아온 쿄이치의 어떤 눈보다 불안해 보였다.

이 동네에서 츠구미가 없어진다는 것. 그 어린 사랑이 새로운 국면을 맞이하게 된다는 것. 쿄이치의 가슴은 그렇게 말로 표현할 수 없는 모든 것으로 뒤숭숭하리라. 바로 얼마 전, 정말 손이 닿을 정도로 가까운 과거의 한때, 두 사람과 두 마리 개가 모래사장을 산책하던 광경을 잊을 수 없다. 그저 당연한 일이듯 해변에 녹아들었고, 그리고 그 자연으로 풍성해진 나날들이었다.

그것은 아주 행복한 장면으로 마음에 남는다.

그러고서 오래도록, 머리칼이 다 젖을 정도로 오래, 아무 말도 않고 둘이서 거기에 서 있었다. 서로를 넘치도록 이해할 수 있었고, 바다 저편을 하염없이 바라보았다.

도쿄로 돌아오기 전날, 츠구미를 면회하러 갔다.

안하무인 격으로 행동하는 츠구미가 부끄럽다고, 이모는 그녀를 독실에 입원시켰다. 노크를 해도 반응이 없어서, 나는 가만히 문을 열었다.

츠구미는 자고 있었다.

뽀얗게 빛나는 하얀 피부는 변함이 없는데, 홀쭉하게 야위어 보였다. 긴 속눈썹도, 베개 위에 펴져 있는 머리칼도, 진짜 잠자는 공주처럼 청초하고 아름다워, 보고 있기가 겁났다. 내가 알고 있는 츠구미가 사라져버릴 것만 같았다.

"일어나."

라고 말하고, 나는 츠구미의 볼을 탁탁 두드렸다.

으음, 하면서 츠구미가 눈을 떴다. 보석처럼 눈동자만 커다랗게 나를 쳐다보았다.

"뭐야, 자고 있는데."

츠구미는 코맹맹이 소리로 말하고는 눈을 비볐다.

나는 안심하고 미소 지으며,

"작별 인사 하러 왔단 말이야. 나 이제 가야 되잖아. 또 보자. 얼른 나아야 돼."

"뭐라고? 매정한 것."

츠구미가 말했다. 겨우겨우 소리를 쥐어짜내듯 기운 없는 목소리였다. 일어날 기력도 없는지, 누운 채 나를 노려보았다.

"네 잘못이지 뭐, 자업자득이잖아."

나는 웃었다.

"하기야."

츠구미도 슬며시 웃었다. 그리고 말했다.

"있지, 너한테만 말하는데, 나, 힘들지도 몰라. 죽을 거야."

나는 섬뜩했다. 당황하여 침대 옆 의자에 앉아서 츠구미에게 바싹 얼굴을 대고,

"무슨 소리 하는 거야."

라고 말했다. 조금은 어이가 없었다.

"순조롭게 좋아지고 있는데 왜, 뭐가 다르다고. 입원도 그렇지, 네가 다 나았다고 엉뚱한 짓 하면 안 되니까 가둬두는 의미가 크잖아. 정신 병원도 아니고. 생사에는 관계없잖아. 힘내."

"그렇지 않아."

츠구미는 진지하게 말했다. 그때 그녀의 눈동자에 어린 그림자는 지금까지 본 적이 없을 정도로 진지하고 암울했다.

"알잖아, 사람이 살고 죽는 건 그런 게 아니라는 거. 이제, 의욕이 없어, 전혀, 하나도 없어."

"츠구미?"

나는 말했다.

"지금까지, 정말 이런 일, 한번도 없었어."

츠구미는 가느다란 목소리로 말했다.

"이렇게 모든 것에 관심이 없어진 적, 한번도 없었다고, 어떤 때든 말이야. 정말 내 안에서 뭔가가 빠져나가 버린 것 같아. 지금까지는 죽는 것 따위 아무렇지도 않게 생각했는데. 하지만 지금은 무서워. 스스로 의욕을 북돋으려고 해도, 짜증만 나고 아무것도 안 나와. 한밤중에 그런 생각을 해. 이대로 회복되지 않으면, 죽을 거야, 그런 느낌이 들어. 지금, 내 안에는 열정이 하나도 없어, 이런 적 처음이야. 증오심도 없고. 병상에 누워 있는 보잘것없는 소녀가 된 기분이야. 하나씩 떨어지는 낙엽을 두려워하는 사람들의 마음을 이해할 수 있을 것 같아. 그리고 주위 사람들이 조금씩 기운을 잃어갈 나를 바보 취급 할 것 같고, 조금씩 그림자가 엷어져 간다고 생각하면 미칠 것 같아."

"그……."

나는 말을 잃었다. 츠구미가 진심으로 그런 얘기를 하고 있는 것 같아 놀랐다. 그리고 츠구미에게 지금까지 그런 감정이 없었다는, 그 오만함에 어이가 없었다. 실연의 조짐이 겁나는 것인가. 요코 언니에게 들은 말이 맺혀 있는 것인가. 그리고 정말이지, 본인의 말대로, 아무리 열이 높아도 츠구미의 온몸에서 발산되던 것이 이제 꺼져가고 있었다.

"그런 말 할 정도면 걱정 없어."

불안하게 허공을 올려다보는 츠구미에게, 그렇게 말했다.

"그럼 좋겠지만."

츠구미가 나를 보았다. 어렸을 때부터 몇 천 번, 몇 만 번을 들여다본, 이 유리구슬처럼 투명한 눈동자, 거기에는 거짓이 없다. 언제고 변하지 않고, 영원을 담고 있는 듯 반짝이는 깊은 눈빛. 나는 말했다.

"당연하지."

보통 사람들이 흔히 느끼는 고뇌를, 츠구미가 처음 품게 되었다니 나는 덜컥 겁이 났다. 기력을 잃으면 정말 츠구미는 죽을지도 모른다, 고 생각했다. 그런 생각이 들킬까 봐.

"그럼, 나 간다."

라고 말하고 일어섰다.

　"그 말을 나더러 믿으라고?"

　츠구미가 제법 큰 소리로 말했다. 남자 아이들처럼 의연하게 헤어지고 싶어서, 나는 성큼성큼 문으로 걸어가, 나갈 때만 슬쩍 뒤돌아보았다.

　"또 보자."

　그리고 등을 돌렸다. 바보, 멍청이! 내가 거짓말하는 줄 알아. 영원한 이별일지도 모르는데, 학교가 더 중요하단 말이야! 기가 막혀서, 그렇게 매정하니까, 인기가 없는 거지…… 등등, 욕지거리를 해대는 츠구미의 목소리를 배경으로 병원 복도를 걸어갔다.

　밖으로 나오자, 캄캄한 밤이었다.

　서늘한 바람 속에서, 희미한 바다 냄새를 느꼈다. 이 반도에서는, 바다가 온 동네를 감싸고 있는 것 같다. 밤길을 걸으면서, 조금 울고 싶어졌다.

　다음 날 아침, 한여름처럼 반짝반짝 태양이 빛나는 화창한 날씨였다. 그런데도 햇살은 너무 투명해, 가을을 느끼지 않을 수 없었다.

　마사코 이모가 차려준 아침밥, 그리고 그 전체 분위기, 아침, 시장에서 갓 사온 해산물이 반드시 놓이는 식탁을 고스란히 마음에 새기고 싶은 애틋함으로, 시끌

시끌했다.

"정말 츠구미는 못 말리는 애라니까, 마리아 가는데 배웅도 못하고."

마사코 이모는 그 말을 "요코, 밥 더 먹을래?"와 똑같은 말투로 밝게 웃으며 말했다. 그래서 나는 아침 햇살 속에서, 역시 츠구미는 아무 일 없을 것이라고, 몇 번이나 다짐하고 확인했던 일을 새삼 믿었다. 그러고는,

"이거, 엄마한테 갖다드려."

라며 멸치조림이니 장아찌를 반찬통에 담아 하얀 보자기에 꼭꼭 싸주는 마사코 이모의 현란한 손끝을 새삼스럽게 바라보았다.

내가 집을 나설 때, 이모와 이모부는 둘이서 현관 앞에 서서 배웅해 주었다. 요코 언니는 버스 정거장까지 같이 간다면서 자전거를 꺼내 왔다. 나는 포치에게 잘 있으라고 말하고서,

"신세 많이 졌어요."

라고 두 사람에게 인사했다.

이모부가,

"펜션에도 오려무나."

라며 웃었다. 이모는,

"덕분에 즐거운 여름이었다."

라고 말했다.

쨍쨍 내리쪼이는 햇볕 속에서, 미련 없이 야마모토야를 떠났다. 평소 콜라를 사러 나갈 때처럼 현관을 나와, 한번 돌아보자 벌써 저 멀리에 있었다. 집 안으로 들어가는 두 사람의 뒷모습을 힐끗 보았다.

그리고 요코 언니와 나란히 걸었다.

정면에서 비치는 눈부신 햇빛에 가늘게 눈을 뜨고 내 옆을 걷는 그녀의 조그만 키가, 걸음을 내디딜 때마다 어깨에서 물결치는 머리칼이, 영화의 한 장면처럼 사무쳤다. 버스 정거장으로 가는 뒷길, 해묵은 여관촌. 여기저기 피어 있는 메꽃의 시들한 색. 바닷가 마을 특유의 이 메마른 낮에, 내 기억을 유폐한다.

버스 정거장, 발매소의 콘크리트 계단에 앉아 막대 아이스크림을 먹었다.

이 여름, 요코 언니와 둘이서 먹은 막대 아이스크림의 수는 다 셀 수도 없다. 어렸을 때부터 여름이면 이렇게 둘이서 용돈을 들고 사러 나갔다. 츠구미는 요코 언니 몫을 가차 없이 빼앗아 한입에 다 먹어버리곤 요코 언니를 울렸다.

저리고 따끔따끔 아플 정도로 감상이, 가슴으로 밀려온다. 마치 이 사람들, 이 동네, 모두 이 세상에서 사라져버릴 것만 같은 눈부심이다.

손으로 눈을 가리고 하늘을 올려다보면서, 요코 언니가

말했다.

"올해 마지막 아이스크림이 되려나."

"설마, 더우니 어쩌느니 하면서 틀림없이 또 먹을 텐데 뭐."

나는 웃었다.

"왠지 맥이 좍 빠진다. 다음에는 이사도 해야 되고……."

요코 언니가 말했다.

"영, 실감이 안 난다. 이사할 때까지 그렇겠지."

내 쪽을 보며 웃음 짓는 요코 언니는 아주 차분했다. 오늘만큼은 울지 않으리라 결심이라도 한 듯 보였다.

"사촌은 평생 사촌이니까."

나는 말했다.

"온 세상 어디에 가든 말이지."

"그래, 맞아. 자매도 평생 자매잖아."

요코 언니는 후후 웃었다.

"그런데, 츠구미 요즘 좀 이상하지. 이사하는 게 싫어서 그런가. 아니면 지난번에 너무 힘써서 기력이 다한 걸까."

나는 말했다. 절반은 넌지시 떠보려는 마음이었다. 요코 언니는 대답했다.

"……으음. ……글쎄. 그래, 뭔가가 좀 달라, 뭔가가.

열심히 뭘 생각하는 것 같기도 하고. 쿄이치 앞에서는 예전하고 똑같은데, 내가 면회를 하러 가잖아, 그럼 노크를 해도 대답이 없어서 문을 열고 들어가면, 츠구미, 깜짝 놀라면서 이불 속에다 부시럭부시럭 뭘 감추는 거야. 뭐 하니, 얌전히 자고 있지 않고, 하고서 주전자에 물 받으러 잠시 나갔다 오면, 그럼 또 꺼내서, 뭘 쓰더라고."

"써?"

나는 깜짝 놀라 말했다.

"그래, 뭔가를 쓰고 있어. 그렇게 정신 쏟으면 나을 병도 안 나을 텐데. ……도대체 무슨 생각을 하는 건지 모르겠다."

"열은 아직도 계속 나?"

"그래, 밤에는 높아졌다가 아침 되면 떨어지고, 계속 그래."

"뭐지, 시나 소설 같은 거 쓰는 건가?"

츠구미와 '쓴다'는 행위가 너무도 어울리지 않아, 나는 고개를 갸웃했다.

"츠구미 마음속을 어떻게 알겠니."

요코 언니는 생긋 웃었다.

그 우아한 몸짓과, 기품 있고 부드러운 상냥함을, 나는 잊지 않을 것이다. 츠구미와 더불어, 내 마음에는 요코 언니의 엷은 그림자도 생생하게 자라고 있다. 앞으로 내가 어디서 어떤 어른으로 성장하든.

"오늘 어째 무지 덥다. 한여름 같아."

라고 말하고 또 하늘을 올려다보는 요코 언니의 동그란 턱 선을 보았다. 그렇다, 나는 모든 것을 잘 보고 있었다. 마치 어안 렌즈로 들여다보는 것처럼, 내 주위에 있는 고향의 모든 것을, 조용한 마음으로 호흡하고 있었다.

버스가 천천히 들어왔다.

탈 때까지, 그 밝은 대낮, 왠지 허전한 기분을 지울 수 없었다.

여기 츠구미가 있다면, 저 강렬한 빛으로 모든 것을 지워주었으면. 나와 요코 언니의 아쉬워하는 표정을 비아냥거리며, 웃어주었으면.

내가 지금 바라는 것은 그런 것이라고, 언제까지고 작은 손을 흔드는 요코 언니의 모습이 멀어져가는 것을, 창문으로 보면서 생각했다.

도쿄에는 비가 내리고 있었다.

역에 내리자, 날씨가 다른 탓인지, 서늘한 기운 탓인지, 복작복작한 사람들 탓인지, 모든 것이 붕 떠 보였다.

아마도, 마음 탓이리라.

돌아왔는데, 모든 것이 꿈에서 본 듯한 풍경처럼 멀었다. 바닷바람을 한가득 숨쉬며 움직였던 지난 한 달로, 몸은 활력에 넘쳤다.

비로 뽀얀 회색 거리를 바라보고 개찰구를 빠져나오면서 나는,

'내 진짜 인생은 지금부터 시작된다.'

라고 뜬금없이 생각했다.

인파 속을, 무거운 짐 때문에 비틀거리며 계단을 내려갔더니 엄마가 서 있었다.

놀란 나는 달려갔다. 엄마는 시장바구니를 들고 미소지었다.

"시장 보러 나왔다가 마중 나왔다. 우산 없지?"

"응."

"같이 가자."

나란히 걷기 시작하자, 엄마란 존재가 나를 한 걸음씩 현실로 잡아당기는 것을 느낄 수 있었다.

"재밌었어?"

"응."

"까맣게 탔네, 마리아."

"응, 날씨가 매일 좋았거든."

"츠구미, 남자 친구 생겼다면서? 아버지도 많이 놀라신

것 같더라."

"응, 여름 내내 같이 지내면서 사이가 좋아졌어."

"그런데 츠구미, 또 입원했다면서, 한동안 괜찮더니."

"이번 여름에 너무 무리했나 봐."

내리는 비, 한 우산 속에서 엄마의 목소리는 나지막했다. 집으로 가는 길, 상가를 지나면서 이 여름의 뜨거움이 마음속으로 한층 선명하게 떠오르는 것을 알 수 있었다. 그리고 그 어느 때보다 츠구미가 사랑스럽게 느껴졌다.

연애를 하는 츠구미의, 환하게 웃는 얼굴.

"아버지, 많이 기다리셨어. 오늘 조퇴하고 빨리 오는 거 아닌가 모르겠다. 엄마도 네가 없어서 심심했고. 오늘은 네가 좋아하는 것 만들어줄게."

엄마는 웃었다.

"응, 오랜만에 우리 집 음식을 먹게 돼서 기뻐. 할 얘기도 많고."

나는 말했지만, 구멍에 대해서는 아마 얘기하지 않을 것이라 생각했다. 밤바다에 서 있었던 쿄이치가 츠구미를 얼마나 좋아하는지도, 요코 언니의 눈물의 무게도, 그것은 누구에게도 전할 수 없는 마음의 보물이니까.

그렇게 나의 여름은, 끝을 고했다.

츠구미에게서 온 편지

도쿄에 돌아오고서 한동안은, 그냥 멍하니 지냈다.

학교에도 그런 여름 방학 후유증으로 멍한 친구들이 많았다. 같은 과 친구들과 '학교 놀이 하는 기분'이라고 얘기하곤 했다. 그건 그렇고 모두들 여름 방학 얘기를 할 때면, 나만 조금 색다른 여름을 보낸 듯한 기분이었다.

나는 과연 다른 세계에 있었다.

츠구미가 발산하는 강렬한 에너지, 여름 해변의 뜨거운 햇살, 새로운 친구, ……그런 것들이 이리저리 겹쳐서 한번도 본 적 없는 하나의 공간을 만들어내고 있다. 군인이 죽기 직전에 꿈꾼다는 고향처럼 생생하게, 진짜처럼 강렬한 세계. 9월의 아스라한 빛 속에서는 그 그림자조차 남지 않고, 누군가 물으면 나는 그저 "응, 고향에 가서 이모네 여관에서 지냈어."라고밖에 대답할 수 없었다. 내게 이 여름은 모든 그리운 과거를 응축해 놓은 정수였던 것이다.

……그렇게 생각할 때마다, 또 늘 생각한다.

츠구미도, 그렇게 느꼈을까.

어느 날, 아버지의 다리가 부러졌다.

회사 창고에서 사다리를 타고 높은 책꽂이 위에 있는 무거운 자료를 껴안은 채 그대로 떨어졌다고 한다. 엄마와 내가 허둥지둥 병원으로 달려가자, 아버지는 침대에 누워 부끄럽다는 듯 히죽 웃었다. 그러고 보니, 그는 정신적인 고통에는 상당히 약한 편이지만 육체적인 고통에는 강한 사람이었다.

우리는 안심하고 집으로 돌아왔다. 2, 3일은 입원할 예정이라고 해서 엄마는 갈아입을 옷을 챙겨 다시 병원으로 갔다. 나 혼자 집에 남았다.

그때 전화벨이 울렸다.

나는 불길한 전화일 것이라고 직감했다. 순간적으로 아버지의 얼굴이 떠올랐다. 나는 천천히 수화기를 들었다.

"여보세요."

그러나 그 목소리는 요코 언니였다.

"이모하고 이모부, 계시니?"

"아니. 사실은 아버지가 다리가 부러졌거든. 그래서 지금 병원에 계셔."

나는 웃었지만 요코 언니는 웃지 않았다. 그리고 말했다.

"츠구미, 상태가 좀 안 좋아."

나는 뭐라 대꾸하지 못했다. 면회하러 갔을 때 츠구미가 하얀 옆얼굴로, 나 죽을 거야, 라고 하던 말이 떠올랐다. 그랬다, 츠구미의 예감은 언제든 빗나가지 않는다.

"안 좋다니?"

간신히 말했다.

"오늘 낮까지만 해도 의사가 괜찮을 거라고 했는데, 실은 어제부터 의식이 거의 없었어. 열도 높고, 갑자기 나빠진 것 같아⋯⋯."

"면회는?"

"지금은 면회도 못해. 나하고 엄마가 병원에 계속 있고."

요코 언니의 목소리는 침착하고, 그녀 또한 아직 믿지 않고 있다는 것을 알 수 있었다.

"알았어. 내일 아침 첫차 타고 내려갈게. 상황이 어떻게 되든, 교대하자."

나는 말했다. 내 목소리 역시 마음속과는 다르게 침착했고, 마치 맹세라도 하듯 힘차게 울렸다.

"쿄이치는?"

"연락했어. 곧 오겠대."

"언니."

나는 말했다.

"무슨 일 있으면, 밤중이라도 괜찮으니까 곧바로 전화해야 돼."

"그래, 알았어."

돌아온 엄마에게 전하자, 아버지는 그냥 놔두고 내일 같이 내려가자고 했다. 그리고 우리는 내일 떠날 준비를 했다.

나는 전화기를 방에 끌어다가 머리맡에 놓고 잠들었다. 만약 벨이 울리면……. 잠은 얕고 밤만 깊어갔다. 옅은 잠, 단편적으로 오락가락하는 꿈속에서도 나는 여전히 전화를 의식하고 있었다. 그것은 녹슨 쇳덩어리처럼, 차갑고 불길한 감촉으로 밤새 거기에 있었다.

꿈을 꾸는 내내 요코 언니와 츠구미가 나왔다. 모든 것이 단편적이고 답답한 그 화면 속에서, 나는 츠구미를 볼 때마다 신성하고, 조금은 감미로운 기분이 들었다. 츠구미는 늘 그렇듯 퉁명스럽고, 해변과 야마모토야에서 건방지게 조잘댔지만, 나는 불안한 마음으로 츠구미와 함께했다. 늘 그렇듯 츠구미와 함께였다.

아침 햇살이 감은 눈 속으로 똑바로 파고들어와, 나는 으음, 하고 깨어났다. 전화벨은 울리지 않았다. 츠구미는 어떻게 됐을까, 하고 생각하면서 커튼을 열었다.

정말 가을이 다가와 있었다. 하늘은 한없이 투명한 청잣빛을 띠고, 나무들이 먼 가을바람에 유유히 살랑대고 있었다. 모든 것이 가을 향기에 넉넉하게 젖어 있었고, 소리 없는 투명한 세계를 빚어내고 있었다. 나는 이렇게 눈부신 아침을 오랜만에 느끼는 듯한 기분에, 잠시 멍하니 그 광경을 바라보고 있었다. 가슴이 아릴 정도로 예뻐 보였다.

어떻게 됐는지는 모르겠지만, 아무튼 내려가기로 하고 엄마와 둘이서 아침을 먹고 있는데 전화가 왔다.

마사코 이모였다.

"어때요?"

라고 내가 묻자마자, 이모는 그게 말이지, 라고 난처한 듯이 웃으며 말했다.

"괜찮아요?"

나는 말했다.

"그래, 그게 글쎄, 언제 그랬냐는 듯이 말짱해졌지 뭐니. 우리가 괜한 소란을 피운 것 같다."

이모가 말했다.

"네에, 정말요?"

온몸의 힘이 빠져나가는 듯한 기분이었다.

"어제저녁부터 갑자기 심해졌어. 그런 일 너무 오랜만이라서. 얼마나 당황했는지. 의사 선생님도 이거 큰일 났다면서 전전긍긍하고, 그래도 정말 생명력이 강한 아이라고 놀라더라. 한때는 정말 어떻게 되는 줄 알았는데, 오늘 아침에는 거짓말처럼 안정을 되찾아서, 새근새근 자고 있는 거야. ……지금까지도 츠구미 건강 때문에 갖가지 일이 많았지만, 이런 경우는 처음이었어. 하기야 앞으로도 예상치 못한 일이 생기겠지만……."

마사코 이모는 무슨 각오처럼, 그러나 밝게 말했다.

"미안하다. 소란을 떨어서. 무슨 일 생기면 곧장 연락해서 도와달라고 할 테니까. 마리아, 오늘은 여기 안 와도 돼. 그냥 편히 쉬어. 미안하다. 걱정 끼쳐서."

"하지만, 정말 다행이네요."

나는 말했다. 안도하는 동시에 피가 다시금 돌기 시작한 것처럼, 마음에 뜨거운 흐름이 되살아났다. 엄마에게 전화를 넘겨주고, 나는 방으로 돌아가 침대 속으로 파고들었다. 아침 햇살 속에서 정말 잘됐다고 얘기하는 엄마의 목소리를 멀리 들으며 잠이 들었다. 이번에는 깊은 잠이, 금방 찾아들었다.

깊고 편안한 잠이었다.

며칠 후 한낮, 츠구미에게서 전화가 걸려왔다.

"네."

하고 수화기를 드는 순간,

"여어, 못난이."

하고 츠구미의 목소리가 귀로 날아들어, 나는 순간적으로, 이 목소리를, 이 귀에 익은 가냘프고 날카로운, 이 정겨운 울림을 잃다니 절대 있을 수 없는 일이라는 것을, 단번에 느낌으로 알았다. 수화기 너머는 왁자지껄 시끄러웠다. 마이크로 이름을 부르는 소리며, 아이들의 울음소리가 들려왔다.

"이거 무슨 소리니? 거기 병원이야? 괜찮아? 이제 괜찮아?"

나는 말했다.

"이제 괜찮아. 여긴 병원이고. 아직 안 간 모양이로군. 어떻게 그런 일이 참 내."

츠구미가 영문 모를 소리를 시작했다.

"그 멍청한 간호사가, 주소를 잘못 알아듣고 부친 거야. 정말 구제불능이라니까."

"무슨 소리 하는 거니, 너?"

열 때문에 머리가 좀 이상해졌나 싶었다. 츠구미는

내 물음에는 대답도 않고 잠자코 있었다. 그 침묵이 너무 길어, 나는 츠구미의 모습을 떠올리고 있었다. 지금까지 보아온 츠구미의 모든 모습을 통합한 하나의 이미지…… 그 찰랑찰랑한 머리, 불타오르는 듯한 눈빛, 가느다란 손목. 맨발로 걸어갈 때의 발목의 선과, 웃을 때면 하얗게 드러나는 이. 찌푸린 옆얼굴…… 시선 끝에 있는 바다. 파도가 밀려오는, 반짝반짝 빛나는 해변…….

"정말이지, 거의 죽었었어."

츠구미는 불쑥 말했다.

"무슨 소리야, 너. 멀쩡하게 복도에 걸어 나와서, 죽었었다니, 그런 소리 하는 거 아니야."

나는 웃으며 말했다.

"바보. 정말 죽을 뻔했다니까. 의식이 아련하게 멀어지면서, 커다란 빛이 보였어, 저쪽으로 가면 좋겠다…… 싶어서 다가갔더니 죽은 엄마가 '오면 안 된다.'고 그러는……."

"순 거짓말. 너희 엄마가 언제 죽었니?"

오랜만에 건강한 츠구미가, 나는 기뻤다.

"……라는 건 거짓말이지만, 아무튼 위험했어. 하루하루 기운이 떨어지고, 정말 이번에는 틀렸다 싶었다니까."

츠구미는 말했다.

"그래서, 너한테 편지 썼어."

"편지? 나한테?"

"그래. 한심해 죽겠다. 이렇게 살아 있어서. ……간호사한테 보내달라고 부탁했는데, 벌써 보냈다고 하고, 되찾고 싶어도 되찾을 수가 없잖아. 도착했으면 뜯지 말고 버리라고 해봐야, 네 성격에 읽지 않고는 못 배길 테고, 아아, 상관없어, 읽어."

츠구미는 말했다.

"어느 쪽이야, 너?"

츠구미가 편지를 썼다…… 나는 그 사건에 가슴이 두근거렸다.

"좋아, 읽어."

츠구미는 웃으며 허락했다.

"나 이번에, 정말 한번 죽었다 살아난 것 같은 기분이야. 그러니까, 그 편지 옳았는지도 몰라. 어쩌면 나, 앞으로 조금씩 변할지도 모르겠다."

츠구미가 무슨 말을 하고 싶은 것인지, 나는 알 수 없었다. 그러나 마음 한구석에서는 알고 있는 듯해서, 순간 입을 다물었다. 그러자 츠구미는,

"어, 쿄이치가 왔네, 바꿔줄게. 자 안녕."

이라고 말했다. 츠구미, 라고 내가 부르자 츠구미는

벌써 가버렸는지,

"병실에 있어!"

라고 쿄이치가 외치는 소리가 들리고,

"여보세요?"

하고 영문도 모르는 채 전화를 받았다.

정말, 츠구미는 제멋대로다. 지금쯤은 벌써, 성큼성큼 복도를 걸어 병실로 향하고 있으리라. 조그만 몸으로, 임금님처럼 당당하게 가슴을 쫙 펴고.

나는 피식 웃고는, 말했다.

"여보세요."

"아아, 마리아였어."

쿄이치가 웃었다.

"츠구미, 큰일 날 뻔했다면서?"

나는 말했다.

"응, 하지만 지금은 많이 건강해 보여. 한때는 면회도 금지될 정도로, 굉장히 아팠는데 말이야. 나도 당황했었어."

쿄이치는 말했다.

"조심 좀 하라고 해. ……그리고, 츠구미가 산으로 이사하면, 쿄이치 너, 그냥 헤어질 거니?"

질문이 입에서 스스럼없이 나왔다.

"응, 글쎄, 앞일이야 어떻게 될지 헤어져보지 않으면

모르겠지만, 그런 자극적인 여자를 쉬 만날 것 같지 않은데. 츠구미, 멋진 여자야. 최고의 걸작품이잖아. 이번 여름, 아마도 잊지 못할 여름이 될 거야. 설령 헤어진다 해도, 평생 강렬하게 마음에 새겨질 거야. 그건 분명해."

쿄이치는 담담하게 말했다.

"게다가 이번에는 야마모토야 대신에, 우리 호텔이 항상 여기 있잖아. 너희들, 언제든지 올 수 있어."

"……그래. 그럼 우리 모두 앞으로도, 지난여름처럼 어디에선가 인연이 닿겠지."

"그래."

쿄이치는 웃었다.

"앗, 요코 씨가 현관으로 들어오는데. 백합꽃을 들고 있습니다. 앗, 복도 모퉁이에서 환자와 부딪쳐서 고개를 숙이고…… 왔다 왔다. 바꿔줄게."

여보세요, 누구? 하면서 전화를 받은 요코 언니에게 대답하면서, 나는 무슨 퍼레이드 같다고 생각했다. 차례차례 나온다. 나는 의자에 앉아 창밖의 하늘을 바라보면서 요코 언니와 얘기했다. 쏟아지는 오후의 햇살이 네모나게 방을 비추고 있고, 나는 내 안에서 소리 없는 다짐이, 역시 별다른 이유도 없고 분명한 형태도 없이 차오르는 것을 느꼈다. 나는 앞으로 여기에서, 살아간다.

마리아에게

　내가 말한 대로 되었나 보구나.

　어쩌면, 이 편지가 배달될 무렵, 마리아는 내 장례식
에 참석하려고 이쪽으로 오고 있을지도 모르겠다. 이거
야말로 '도깨비 우편함'이로구나.

　가을 장례식은 쓸쓸해서 마음에 안 든다.

　요즘, 너한테 얼마나 편지를 많이 썼는지 모르겠다.
쓰고는 찢어버리고, 그러고는 또 쓰고. 왜 너일까? 하지
만 나는, 내 주위에 있는 사람들 중에 너만이, 내 말을
정확하게 판단하고, 이해할 수 있을 것 같은 생각이 들어.

　아무래도 진짜로 죽어가는 듯한 지금, 내 마음속의 희
망이라고는 너한테 편지를 남기겠다는 것뿐이야. 다른
사람들, 괜히 울고, 사실은 츠구미는 이런 인간이었다고
자기 나름대로 좋게 해석하는 꼴을 떠올리면 구역질이
다 난다. 쿄이치는 약간 봐줄 데가 있지만, 연애는 전쟁
이니까, 마지막까지 약점을 보여서는 안 되겠지.

　넌 그렇게 멍청한데, 어쩌면 그렇게 정확하게 매사를
헤아릴 수 있는지 모르겠다. 정말 신기해.

　그리고 또 한 가지, 이번에 입원하면서 『데드 존』이란
소설을 읽었어. 심심풀이로 읽기 시작했는데, 의외로 재
미있어서 단숨에 읽어버리는 바람에 점점 더 상태가 나

빠져서 끙끙거리고 있다. 하지만 몸이 약한 사람에게는 주인공 청년의 쇠약해져 가는 모습이 절실하게 다가오는 책이었어. 주인공은 교통사고를 당해서 엉망진창이 된 데다. 아무튼 설상가상, 엎친 데 덮친 격으로 죽어가는 데. 마지막 장이 그가 아버지하고 애인에게 보낸 유서였어. 데드 존에서 보낸 편지. 그걸 읽고는 이 츠구미가 눈물을 찔끔 흘렸다. 그리고 그렇게 편지를 쓰고, 받고 하는 작업이 엄청 부러워서, 이렇게 쓰고 있는 거다.

나. 지난번에 그 별 볼일 없는 피라미 같은 녀석들을 빠뜨리려고 구멍을 파면서, 많은 생각을 했어. 육체노동을 하면서 틈틈이 시간을 죽이느라고. 그리고 이대로 가다가는 시집도 못 가고 내 시중이나 들게 될 우리 언니의 눈물 어린 호소. 그걸 들으면서 갑자기 깨닫게 됐지. 나 자신의 정체를 뚜렷하게 본 기분이었어. 나는 지금까지 이 약한 몸으로, 주위 사람들 덕분에 간신히 버텼는데. 신경질만 부리고 제멋대로 살아온 시건방진 계집애에 지나지 않고, 앞으로도 역시 그러리란 것을.

물론 반성 따위는 전혀 안 하고 있고, 지금까지도 그랬다는 것은 알고 있었어.

다만 정신이 아득해질 만큼 한계에 와 있는 지금 이 육체로, 멍하니 그런 생각을 하고 있는 것 자체가 오히려 마음 편해서, 나는 내가 며칠 후에 죽을 거라는 생각에서 헤어날 수가 없다. 하기야, 그렇게 깊은 구멍을 팠으니. 건강한 사람이라도 성치 않았을 거야. 생의 마지막 일에 걸맞은, 힘든 작업이었다.

게다가 남의 집 마당에다 팠으니. 절대 들켜서도 안되잖아. 작업을 할 수 있는 시간은 한밤중뿐. 흙을 조금씩 옮기면서 파 내려갔어.

작업이 마무리될 즈음에는 구멍이 깊어서, 바닥에서 올려다보면 별이 보였어. 흙은 딱딱하고, 손은 여기저기 부르트고, 여름날의 새벽이 또다시 찾아오는 것을 매일 눈여겨보았지.

구멍 속에서.

좁은 시야로 하늘이 조금씩 밝아오고, 별이 사라지는 것을 올려다보면서 지친 나는 많은 생각을 했어. 흙 묻은 옷 때문에 엄마한테 들키는 일이 없도록, 나 수영복 입고 그 위에다 매일 똑같은 진흙투성이 재킷 입고 작업했어. 그러다가, 지금까지 수영복 입고 바다에서 헤엄쳐 본 기억이 거의 없다는 것을 알았지. 수영 시간에는 늘 견학만 했고. 생각해 보니까 자유형도 제대로 못하잖아. 매일, 학교 가는 언덕길에서 숨이 가빠 힘들어했고, 긴 조회 시간에는 참가한 적도 없고. 그런 기억도 떠올려봤어. 그런 때, 늘 이 보잘것없는 발치가 아니라 파란 하늘만 올려다봤으니까, 몰랐던 거야.

숨쉬기도 힘들고. 이불이 몸을 짓누르는 것처럼 무거워.

밥도 제대로 먹을 수 없고. 먹을 수 있는 것이라고는 우리 엄마가 집에서 가져오는 장아찌 같은 것뿐이야. 기가 막히지? 마리아.

지금까지는 무슨 일이 있어도 마음 한구석은 생생했는데. 지금은 남은 게 전혀 없어. 제로야. 솔직히 지금 엄살 부리고 있다.

그리고 밤도 싫어.

불이 꺼지고. 이 병실이 거대한 어둠이 되면 정말 우울해서 견딜 수가 없어. 울고 싶을 정도다. 울면 지치니까. 어둠을 견디는 거야. 조그만 등 켜놓고 이 편지 쓰고 있다. 의식이 멀어졌다. 다시 돌아왔다. 오락가락한다. 조금만 더 심해지면. 꼴까닥이겠지. 그러면 쓸모없는 주검이 되고. 바보 같은 너희들은 엉엉 울겠지.

매일 아침. 못생긴 간호사가 커튼을 걷으러 온다.

잠에서 깰 때. 최악이다. 입은 바짝 말라 있고. 머리는 지끈지끈 아프고. 열에 건조되어 미라가 된 기분이다. 툭하면 링거 주사니 뭐니. 최악이야.

하지만 커튼을 걷고 창문을 열면. 햇살과 함께 바닷바람이 불어 들어. 나는 아직도 절반쯤 감은 눈. 환한 눈꺼풀 속에서 꾸벅꾸벅. 개와 산책하는 꿈을 꾼다.

내 인생은 형편없었어. 좋은 일이라고 해봐야. 그 정

도밖에 떠오르지 않을 만큼.

하지만, 이 바닷가 마을에서 죽을 수 있다는 건 기쁜 일이야.

잘 있어.

TUGUMI. Y

작가의 말

여름이면 늘 가족과 함께 니시이즈에 갑니다. 10년 넘게, 같은 장소, 같은 여관에 묵기에 그곳은 제게 고향 같은 곳입니다. 여름에는 늘, 그곳에서 별다른 일 없이 따분하게 지냅니다.

그 아무것도 없음, 언제나 바다가 있고, 산책과, 수영과, 해 질 녘이 되풀이될 뿐인 나날의 느낌을 어딘가에 반듯하게 정리해 놓고 싶어 이 소설을 썼습니다. 이제, 저나 우리 가족이 기억을 잃는다 해도, 이 책을 읽으면 그때를 그리워할 수 있겠죠. 그리고 츠구미는 바로 저입니다. 그 고약한 성격, 저라고밖에 생각되지 않습니다.

이 소설을 쓰는 동안, 정말 즐거웠습니다. 중앙공론

사의 관계자 여러분, 마리 끌레르의 여러분, 특히 야스하라 겐 씨에게 감사드립니다.

이 책을, 요코 언니의 모델인 가네지마 요코 씨와, 멋진 그림을 그려주신 야마모토 요코 씨의 W. 요코 씨에게 바칩니다.

요시모토 바나나

『티티새』 문고판 후기

　① 츠구미네가 운영하는 여관 이름은?
　② 동네 축제의 밤, 다같이 먹은 과일은?
　③ 영화 「츠구미」에서 마리아 아버지의 직업은 무엇이었나요?

……라이벌 다케시타 류노스케 씨의 「천재 에리짱」 시리즈의 후기를 흉내 내서 퀴즈로 꾸며볼까 했는데, 너무 오래된 일. 며칠 전, "어라, 츠구미하고 마리아하고 사촌 사이였나요?"라는 질문에 한참이나 대답하지 못한 저이기에, 그만두기로 했습니다. 그래서 거의 손질할 수 없었던 이 소설에서, 조금이라도 좋은 부분이 있다면 '작가도 손댈 수 없는 한 여름이 여기에 살아 있

다.'는 것이겠죠.

실제의 바다에는 미끈미끈한 다시마도 있고 바퀴벌레처럼 생긴 갯장구도 있고, 해파리 같은 소름 끼치는 생물도 있고, 소금물이 코에 들어가면 정말 괴롭고, 모래사장을 걸으면 발바닥이 따끔따끔합니다. 그처럼 실제 시골 동네의 청춘에서는 보다 생생한 냄새와 감촉이 느껴질 테죠. 어떤 일이 순조롭지 못할 때에는 이 소설과 달리, 그 여파가 미세한 입자처럼 생활에 파고들어 사람들을 지치게 하고, 젊은이들의 무모한 성적 에너지는 저녁 시간을 견디기 힘들 정도로 뒤틀려 있을지도 모르겠습니다.

그런데, 느닷없는 질문이지만, 첫사랑, 기억하고 있나요?

그 사람과 내가 함께 걸을 수만 있어도 만사가 순조롭게 돌아갈 것이라고 믿었던 시절을. 그 청순한 에너지를.

이 소설에는 그런 시절의 세계관, 우주관이 담겨 있습니다. 담기에 아주 어려웠던 저 아름답고 동그란 특유의 풍경. 그리고 어린애가 처음 사랑을 할 때, 그 오만한 마음에 비로소 진짜 '자연'이 스미기 시작합니다. 산과 바다, 자기 두 발로 걷는 아스팔트, 주위 사람들.

츠구미는 영원히 그대로 있을 수 없어, 이 소설의 마

지막 장면은 츠구미의 새로운 인생의 시작, 즉 지금까지의 츠구미의 '죽음'입니다. 물론 독자 여러분은 어떤 식으로 받아들여도 상관없지만, 저는 그런 마음이었습니다. 츠구미는 이제부터 진정한 인생을 시작하는 것입니다.

츠구미, 요코, 마리아가 흠뻑 빠져 있었던 만화는 옛날, NHK에서 방영했던 「소년 올페」입니다. 저도 좋아했었죠.

편지 주신 많은 분들, 읽어주신 독자 여러분, 고맙습니다.

제가 이 소설에 담긴 세계를 빚어낼 수 있었던 것은 해마다 니시이즈로 데리고 가주신 부모님 덕분입니다. 감사합니다.

그리고 연재 내내 지켜봐 주시고, 해설까지 맡아주신 야스하라 겐 씨, 고맙습니다. 담당자로 고생한 와타나베 요시히로 씨도요.

또 표지 그림을 멋지게 그려주신 야마모토 요코 씨, 지금도 '요코 씨'로 가까이 있는 가네지마 요코 씨, 정말 고맙습니다.

그럼 또.

2월 추운 날, 동네 라면 가게 '다마가와'에서
라면을 먹고 돌아온 길

옮긴이의 말

생의 끝에서 바라보면, 하루하루 아등바등 살아가는 것 따위 아무것도 아니라는 생각이 간혹 듭니다. 그래도 주어진 생은 치열하게, 진지하게 살아야 안심이 될 것 같아 빨래도 꼼꼼히 챙기고, 아이들 방도 반듯하게 청소하고, 설거지도 깔끔하게 하고, 그리고 내 자신도 추스릅니다.

그러다가 또 간혹, 지나간 시간을 되새겨보기도 합니다.

멀어서 어렴풋하기만 하고 앞뒤도 뒤죽박죽인 기억들을 차례차례 잇대어 하나의 흐름으로 만들고, 그 어디쯤에서 철이 들었고, 그 어디쯤에 첫사랑이 있었고, 그 어디쯤에 불꽃같은 연애가 있었는지도 더듬어봅니다.

『티티새』처럼 작가가 '첫사랑, 기억하고 있나요?' 라고 묻는 작품을 작업할 때는 더욱이 그렇습니다.

첫사랑.

듣기만 해도 가슴이 벅차오르는 단어입니다.

새봄을 맞은 신록처럼 푸릇푸릇하고, 뭉게구름 돋은 파란 하늘이 온통 내 것 같은 청춘의 꽃, 오로지 청결한 사랑만으로 빛나는 첫사랑.

그런 첫사랑을 죽음과 어깨동무하고 맞아야 한다면, 정말 안타깝고 슬플 것 같습니다.

그 목에 쇠사슬을 걸어서라도 꽁꽁 묶어두고 싶을 만큼 절실할 것 같습니다.

한편으로 죽음의 이편에 자기를 얽어매 두고 싶은 욕망도 싹틀 것 같습니다.

그렇습니다.

『티티새』는 죽음의 저편에서만 세상을 바라보던 주인공 '츠구미'(이름의 뜻을 풀면 티티새가 됩니다. 개똥지빠귀라고 하면 더 친숙할까요.)가 첫사랑을 가슴에 안으면서 그 힘으로 죽음의 이편에서 세상을 보듬게 되는 이야기입니다.

이 작품은 작가의 데뷔 작품집 『키친』에 이어 1988년에 발표된 첫 장편 연재소설입니다.

세 편의 단편으로 세상에 각인되었던 작가가 처음으

로 시도한 장편이죠.

   소녀에서 여자로 탈바꿈하는 시기의 세 주인공, 츠구미와 요코와 마리아가 바닷가 마을에서 함께 보내는 마지막 여름은 정말이지 밤하늘을 수놓은 불꽃놀이처럼 영롱하고 애틋하게 우리들 가슴에 새겨집니다.

   그래서 요시모토 바나나란 작가의 개인사에서, 어쩌면 이 작품 자체를 청춘의 꽃으로 자리매김할 수 있지 않을까 싶은 생각도 듭니다.

2003년 5월

김난주

옮긴이 **김난주**

1987년 쇼와 여자대학에서 일본 근대문학 석사 학위를 취득했고, 이후 오오쓰마 여자대학과 도쿄 대학에서 일본 근대문학을 연구했다. 현재 대표적인 일본 문학 전문 번역가로 활동하며 다수의 일본 문학을 번역했다. 옮긴 책으로 요시모토 바나나의 『키친』, 『하드보일드 하드 럭』, 『하치의 마지막 연인』, 『암리타』, 『티티새』, 『불륜과 남미』, 『몸은 모든 것을 알고 있다』, 『허니문』, 『하얀 강 밤배』, 『슬픈 예감』, 『아르헨티나 할머니』, 『왕국』, 『해피 해피 스마일』, 『무지개』, 『데이지의 인생』, 『그녀에 대하여』 등과 『겐지 이야기』, 『모래의 여자』, 『가족 스케치』, 『훔치다 도망치다 타다』 등이 있다.

티티새

1판 1쇄 펴냄 2003년 5월 10일
1판 26쇄 펴냄 2009년 7월 16일
2판 1쇄 펴냄 2011년 3월 4일
2판 3쇄 펴냄 2017년 1월 25일

지은이   요시모토 바나나
옮긴이   김난주
발행인   박근섭, 박상준
펴낸곳   **(주)민음사**

출판등록   1966. 5. 19. 제16-490호
주소   서울특별시 강남구 도산대로1길 62(신사동)
           강남출판문화센터 5층 (우편번호 06027)
대표전화   515-2000 | 팩시밀리   515-2007
홈페이지   www.minumsa.com

ISBN 978-89-374-8016-4 (03830)